亦

舒

作

品

华语世界深具影响力作家

亦舒

作品

23

生活志

CTS
PUBLISHING & WILL

湖南文艺出版社
HUNAN LITERATURE AND ART PUBLISHING HOUSE

博集天卷
CS-BOOKY

作品

贰

拾

叁

号

肆 · 茶就凉

亦　舒　散　文

/ 生 活 志 /

叁 · 所以结婚

亦　舒　散　文

目 录　　　×　　0 3
Content　　　　*Page*

生
活

志

贰 · 小动物

亦 舒 散 文

目 录 × 0 2
Content   *Page*

生 活 志

伍·应酬

亦 舒 散 文

目 录 × 05
Content　　　　Page

生 活 志

陆 · 自知

亦 舒 散 文

壹·消失

亦　舒　散　文

生
活
志

壹

消失

十

你不走，我走，任何关系均如此，无法叫画面消失？你我大可主动走出画面。

发脾气

老匡的名言："最讨厌的，是天天发脾气，与永远不发脾气的女人。"

发脾气的对象，至少要旗鼓相当，有本事，对牢老板大发脾气，气出在妇孺、弱者、下属身上，未免胜之不武。

什么时候发脾气，也有讲究，乱发脾气，无理取闹，诚属不智，为利益争取，拍案而起，则无可厚非。

永远不发脾气，在今时今日，不大行得通，社会节奏急促，谁会费时失事地推敲琢磨谁的心里在想些什么，非得直截了当说出来不可，如果不得要领，就得采取比较慷慨激昂的态度。

那也就是发脾气了。

脾气人人会发，却也讲究身份。很普通的人，很普通的才智，脾气还是少发为妙，发错脾气，惹人生厌，说话都没有资格，居然乱发脾气，更是自寻死路。

有人隔些时候发阵脾气，视作平常；有人一生发一次脾气，不可挽回。

真正坏脾气的人十分吃亏，会得挑脾气来发的人则是聪明的人，当然占便宜。

艺　术

《明报》的社论，有时由金庸写，有时不，据说凡题目用宋体，又套红，乃金庸所书。

其实不用这样辨认，读者一看就知道哪篇是哪篇。

他所有的文字都有一个特征：他喜欢把很深奥的一件事，用极之简易风趣的文字分析给读者知道，一看就明白，明白之后必定有领会。

无论是中英谈判香港问题，股票风暴对世界经济影响，抑或美伊战争走势，全部可以轻描淡写，把他精妙的意见，流利地与读者亲切讨论。

他报也有写得很好的政评，有些也写得颇为浅易，还是不够，一定要白得像上大人孔乙己，一定要把原本枯燥的题材化腐朽为神奇，一定要使读者轻轻松松看完。

有时我们会说："某评论写得真好，但是很多时候看不懂，而且看得很辛苦。"

对不起，这就是文字仍然不够好。

满腹学问，但是不懂得借之与大量读者沟通，即系无用，所以写作是一门艺术。

简易、通顺、清浅、明白的文字，透明度高，可阅性强，乃我所欲也。

跟红顶白

跟红顶白，实在是人之常情，无可厚非。

谁不喜欢同当时得令的红人共处一室？他神采飞扬，言谈风趣，出手阔绰，未必有什么实际好处给我们，但欢乐一个晚上，已经足够。

倒运的人多数自怨自艾，萎靡沮丧，不停诉苦，连带影响旁人心情，少不了向亲友求助，帮他呢，实在长贫难顾；不帮呢，十足十是个见死不救的小人，压力极大。

每个人生活中都有许多艰难之处，实在不想百上加斤，于是渐渐疏远那些倒运人。

非不为也，乃不能也。

所以锦上添花易，雪中送炭难。

成年人开口求助之前，宜想一想，这件事，朋友有无可能做到，切莫急急陷朋友于不义。

一顿饭一餐茶，当然没问题，但是每个月的开销，或是整笔医药费，就至好贵客自理。

这个世界同从前不一样了，哪里去找孟尝君、信陵君去，靠自己最好，偶尔嬉皮笑脸地同亲友说："喂，开车来接我好不好？"想必还是可以遇到热心人的。

作者真貌

相信倪震认识的作家最多。

幼受庭训，此刻又成为行家，他父亲好客，朋友络绎不绝，连星马、台湾那边文化界的知名人士都时来采访，老中青三代写作人的庐山真貌，倪震耳熟能详。

我说来惭愧，一则不擅交际，二则永远似身兼二职，穷忙，抽不出时间来参加集会与晚宴等各式活动，再加上长时期患瞌睡症，见同文[1]的机会，少之又少。

讲起来，笑死人，谁谁谁见过没有？对不起，久无邦交。某某与某某呢？前年，嗯，不，三年前仿佛在查先生府上见过一次。那么，张三和李四呢？久闻大名，如雷贯耳，可惜从未碰过头。

可能从来没有一个人在某行业做了那么久而又不识本行英雄好汉的。

但结交朋友是一种艺术，需要天分、时间、精力、金钱支持，不然，则识多错多，讲多错多，结梁子无数，反目成仇。写作人大半多心，不多心不能成为写作人，多心人同多心人结为知己？并非无此可能，不过肯定辛苦。故情愿与同文神交，通读专栏，也就等于天天谈话，写作人的眼睛、鼻子并不重要，不见也罢。

行家亦不认识我。

---

[1]　同文：同行，同人。

两种人

世上有两种人：（一）担心工作来不及做，时间像七巧板，轧得紧紧；又如骨牌，头一件事来不及做，影响紧跟着的每一件事，苦不堪言，不知怎的，劳碌命就是劳碌命，要到归主那日，方能息劳。

（二）担心整天没事做，出乎意料，这种人比第一种人还要痛苦，睡到日上三竿，茶来伸手，饭来张口，到处找人聊天搓牌，偏偏人人没空，他不知多寂寞孤苦，不愁生活，但愁日子怎生消磨。

第二种人最喜寻第一种人开心，人家桌子上摊满即日要赶出来的工作，下午三时三刻还没时间吃午饭，刚下了一份面，水正要开，零……电话来了，太空闲的人死缠住没空闲的人要诉苦，没完没了。

真不知道谁比谁更苦。是以至怕人说失眠痛苦，以及胃口不佳是一种病。

物以类聚，好友均黎明即起，闻鸡起舞，两条膀子、两条腿做得几乎要分家，说得难听点，遇床即晕死，但望一眠不起，至怕应酬富贵闲人。

许多工夫，非亲力亲为不可，实在放不下来，上天那么爱开玩笑，不知身份可否对调，让忙死的人同闲死的人搓匀了再拆开，皆大欢喜。

未生儿

突发奇想。

友人中应该有孩子的名单如下：蔡澜，他该生个儿子，同他一模一样，长到三四岁，就细心温柔地哄女孩子，同她们说："我爱的人，爱一辈子。"我们这些老阿姨趁他父亲不觉，就拧他面颊，拧得他怪叫，等他大了，问他要印章、书法，同他谈电影。

张敏仪，她是罕见真正美貌与智慧并重的女子，女儿该与她如一个印子刻出，高鼻梁、白皮肤、聪敏、能干、漂亮得炫目，一早已懂得为小朋友分析事情，给予忠告。

许鞍华，她的女儿会懂得礼数与涵养，功课一流，一早便性情豪迈，举止潇洒，笑声爽朗，像足小安琪儿。

梁凤仪，此人该生儿子，浓眉大眼，神气活现，专为众女生抱不平，一拍胸口，便来出主意，一定被女孩子爱死，因为背背黑锅的男生已濒临绝种。

施南生，养双胞胎，一子一女，男孩承继她的圆滑世故，女孩承继她的幽默慧黠，一般高大，一样相貌，如母亲一样操流利英、法、沪语，迷死长辈。

都是未生儿。

喂，请问最有资格生孩子的人，为什么通通不生孩子？

身外物

许多四季衣服多得衣柜挤不下的人老抱怨没有衣裳穿。真奇怪。

一直觉得自己衣服多，且精，又漂亮，常为此得意扬扬，十分满意。

数一数，质与量其实与好此道者简直没的比，只不过长短大衣三五件，一些毛衣，几条长裤，以及若干衬衫，大部分可以扔进洗衣机，容易打理，幸亏穿上还算整洁美观。

另外有三双添柏岚平跟鞋，一双半跟上街鞋，一个黑皮手袋用得毛毛，被友人含笑道："该添新的了。"从善如流，置了两个新的，外加一个牛仔布书包，但觉整套武装，式式齐备。

亲友均可证明此言不虚，因从不赴宴，更是一件晚装也无，唯一不能舍弃的，乃净色开司米毛衣。

也不是一开头就这样，当年赴英，行李里带七件大衣，还要再买，弟摇头叹息做孙叔敖状说："那么爱穿，功课不及格有什么用？"

真如当头棒喝，那时还真交不出功课来：稿子写得一塌糊涂，学业未成，又没有家庭，就差没借当赊，羞愧无比。

一个人的时间用在什么地方，是看得见的。

寂寞

寂寞这个问题，曾多次被提出讨论，到了最近几年，大家都承认生活中确有这回事，且也不以为奇了。

年前出埠，巧遇台湾友人，问："一个人住酒店，晚上不寂寞？"方才重新接触到"寂寞"两个字。

真正什么都会习惯，少年时曾为之那样困扰以及痛不欲生的大事，今日竟可处之泰然，可见当年一切扰攘，均属多余。

若干年前，不少人在父母家住到结婚，再组织一个家，家同家之间又亲密往返，热闹得不得了。现在，不论男女，婚前都会独居一阵子，也不见谁喊寂寞。

有些人的家是真正的住家，从不招呼外人，一觉孤独，即时外出寻欢作乐，倦得虚脱才回来，加上繁忙的工作，以及非处理不可的杂务，很少人会真觉得寂寞是一个严重的问题。

没想到20世纪六七十年代最流行的寂寞也会落后，90年代，说忙，OK，有共鸣，谈移民，立即有回应，叹百物腾贵，也是个道理。

寂寞？

生活要靠自己妥善处理，抱怨这个，抱怨那个，都是不成熟的表现。

留言

出来做过事的人，就是出来做过事的人。

不要说是大事，小至电话留言，都清清楚楚：姓甚名谁，什么事，复电号码，从容不迫，一个个道来，无论是多么熟的熟人，每次均重复电话号码，方便对方尽快回复。

真幸福，"你猜我是谁"的时代终于过去。

设电话录音，实在罪过，在家手作，时时走不开服侍电话铃声，不得不下此策，不比写字间，有事秘书服其劳，与其同菲佣或钟点女工纠缠不清，电话录音已算光明磊落。

许多人不爱同机器打交道，完全正确，可是为势所逼，今时今日，再有文化，也不得不用起洗衣机、电锅及吸尘器来。

如果有电脑机械保姆，一百万一台也值得考虑。

但凡不愿在电话留言者，大抵还没有要紧的事要说，否则恐怕不会计较细节，讲了再说。

有一个时期，住宿舍，两年没有私人电话，奇怪，也活下来了，也不觉得有什么损失，可见并无什么非说不可的话。

以毒攻毒，录音对录音是好办法，结果，两部电话的录音做起朋友来，成为科幻小说新题。

扰 人 清 梦

同文写："身边不乏三点钟吃早餐的人……"在20世纪六七十年代，简直是时尚，下午两点多起来，沐浴更衣，到了吃茶的地方，人家已经收市，正准备晚间酒席，因为熟，腾出一张小桌子来特别侍候……近年早睡早起，上午十时多电友人，如他还在床上，要不耐烦的，还有，若干办公室，过了十一点，电话还是空响，也属荒谬。

相信人家也在抱怨：这个怎么似乡下人，黎明即起，日落即息。

兄妹极少碰头，皆因一人睡了，另一人才开始活动，听到电影界盛行清晨四时起开会，吓得魂不附体。

老实说，落伍管落伍，下午三点钟吃早餐真是天底下最悠闲的享受，醒完神，结伴逛一会儿街，看场电影，再找个地方吃第二顿。

现在过这种生活的也大不乏人，老早上了岸，工作可有可无，用来解解闷，秘书在旁侍候，专找新鲜的客人陪酒陪饭、聊天说笑，怡红公子那样过日子。

要看早上七八点钟的太阳，不一定要早起，看完再去睡也还来得及。

早睡早起，晚睡晚起，各有好处。

夫唱妇随

最怕夫唱妇随，或是妇唱夫随。

出了门，至好各管各，节省时间精力，以前，常见丈夫陪妻子逛公司，或是女友陪男友搓麻将，两为一体。似不能分开运作，那时还美其名曰，只羡鸳鸯不羡仙，以今日标准来看，真正恐怖。

此刻都流行独角戏，你做你的，我做我的，大前提相同即可结为伴侣，不在朝朝暮暮，你管你出门，我由我创业，平起平坐，各有各地位、事业、朋友、嗜好，甚至护照。

谁也无暇尾随谁之后，做谁的随从，有什么大事，坐下来郑重严肃商量讨论，大家都有空？不妨出门度假两周。

好像少了点诗情画意？的确是，那本来是异常的奢侈品，不是人人可以享用的，得不到，亦无须太过遗憾。

潮流作兴复古，最近又见以下例子：她工作，他在一旁侍候；她休息，他陪她说话，一个人做另一人的影子，完全没有自己的生活，真真是周瑜打黄盖，难得她会找到他，他又不介意她，是谓德配。

现代人反而受不了，大叫吃不消。男女都是独立点好。

停下来

有没有想过要停下来？

有没有觉得累，眼皮抬不起来，四肢酸痛得如要分家，已不是好好睡一觉或是放一个月大假可以解决的疲倦，没有什么伤心事，并非不快活，生活中亦无难题，但不知怎的，早上就是没有勇气起来？

那股倦意自早到晚，无处不在，由心底悠悠然钻出，忽然之间，嘴巴哼出那著名的黑人矿工之歌《十六吨》来："挖了十六吨，我得到什么，又一日老了并且负深些债……"谁说不是，这世界，不是你负人，就是人负你，不是我欠人，就是人欠我。

又深深觉得，息劳归主一说，再正确没有，友人说的，光是换身份证以及领护照手续，已经足够置人于死地，成日价到处奔波劳碌，不知为谁辛苦为谁忙。

故生停顿之念。

一家子除出吃吃睡睡，什么都不做，如果内疚，可吐吐舌头，跳到床上，再睡他一觉，三数个月后，一定会习惯享福。

要躲到别的地方去停下来，远离香港，因本市是一个奇怪的地方，做本港标准居民，非得认同闲是罪以及穷是罪不可，真正累死人。

行头

一位同文说，因做得实在太辛苦，所以狠狠地买了一批名贵衣物，做自我奖励。

另一位同文却说，忙得不可开交，根本没有时间逛街购物，省下一大笔钱。

都十分可信。

也试过接下额外工夫，瞎忙了一段日子，放下笔即外出开会，开完会又返家穷写，九个月下来，一日赴友人饭约，换了衣服低头一看，唯一的黑鞋足尖已踢得发白，只得穿着红鞋出去买两双黑鞋。

港人之所以外表光鲜、时髦得体，不外是因为不住修饰，不知花了多少时间、心血、金钱，爱美的先生小姐均每星期上美容院，每季添新行头，稍一不慎，立即有憔悴、过时、落魄的感觉。

内地亲人每每问："衣裳明明新净，为何淘汰？"可是裙子已嫌长三公分，外套早不流行窄身，还有，翻领略大了些。

光不光鲜，就差那么一点点，出来走，没法不撑着场面，每季起码置一两套新衣，各路友好，请包涵则个，就是那么多了，看腻了请勿作声。

香港人的行头烦恼，可写一本书。

消失

老匡说，听收音机与看电视最精妙之处，是可以随意按掣使讨厌的声音或画面消失。

而对人则没有这样方便，终于，他想到一个好办法，无法使别人消失，至低限度，可以令自己失踪。

根本就是，明知聚会中一定有那几个讨厌人物，何必自苦，巴巴地梳洗，陪了精神、力气、时间去坐在那里，整个晚上闷到吐血。

不出现，什么事都没有，天下太平。

若干同文最喜爱的题材一直是何年何月何日何地见到何人，这何人说了何话，这何话何等可憎……真是活该，谁叫你去坐在那里活受罪。

可不可以不去？一定可以，自动消失可也，趁人身还自由只参加好友聚会，好友所说，字字珠玑，好友所作所为，均可爱得了不得，别的地方一律不去，八人大轿也抬不动，多愉快。

话不投机半句多，有过一次经验，上过一次当，以后宜肃静回避，不必再给机会，爽爽快快放弃可也，无须解释，勉强没有幸福。

你不走，我走，任何关系均如此，无法叫画面消失？你我大可主动走出画面。

女性

一位有经验的男士说："女人可能十四岁，女孩子也可能是六十三岁，一些女性永不会变成女人，而一些一望便知道她是女人。"

说得真玄，也说得真好。

是否一个成熟的女性，同结过婚养过孩子没有，毫无关系，与她是否有美丽的面孔与身段，也不挂钩。

她可能已经三十五岁，婚姻美满有两子一女，风韵犹存，但有可能不是女人仍是女孩。

也许是先天因素影响，也许是后天，没有成熟就没有芬芳，眼神、姿势、语气都证明她不谙世情，是个木美人，一直木到中年、老年。

有些女性一早便感性丰富，一举手一投足，均充满成熟魅力，稚气中极带诱惑，为何这样？一半天生，一半受环境熏陶。两种女性都受异性钟爱。

至于这一代女性，以阴阳人占多数，别笑，是真的，忽而持家，忽而主外，双重责任，双重身份，双重包袱，弄得不好，神经衰弱，心理一变态，立刻就变阴阳人。

累得不得了，也无暇理会内在美或是外在美，更不去研究自己是女人还是女孩，干脆做中性人算数。

不 舍 得

不舍得移民，也许根本不是因为本市是赚钱的好地方，或是在此地有风头可出，或是，这里锦衣美食，别处难以媲美。

可能只是那种熟稳的感觉，使我们依依不舍，黯然泪下。

像走到报摊，蓦然看见档主幼子竟在吸烟，便嗤之以鼻曰："小伙子，真老土，人人戒烟你吸烟。"因看着他长大，故肆无忌惮，而他居然亦腼腆，收起香烟。

在别的都会，自然也有可能一个报摊打出同样交情，但需年复一年、年复一年、年复一年，我们还有多少精力？想到要学用新的洗衣机，已经筋疲力尽，不要说其他。

一位友人每星期上理发店打理一次短发，苦涩地说："现在一坐下便看报纸，卡路斯自然知道该怎么做。"换一个地方，又得从头指示一番，提心吊胆，怕效果欠佳。

懒人买衣服不大试穿，同一牌子差不多款式一样号码准没错，走进相熟店铺，一流服侍："这件裁剪松些，穿三十四号即可。"自动九折。

真不耐烦从头开始套交情，每季买买买买买，买到再度获折扣优待。

老香港了，自然如鱼得水，无比舒适，亲昵地喂一声，即得心应手，还叫我们到什么地方去?

写 作

自 1973 年起即用现买的我的航空版稿纸，二三十公分那样高的极薄原稿纸，转眼写完，用得熟了，顺手拈来，要拿二十张，就是二十张，要拿三十张，绝对不会拿错三十一张，简直是一种特异功能。

出版社几次三番问要不要印私人稿纸，一味婉拒，这当然只是愚见，一直认为那只是大作家的排场，不然的话，架子十足，稿质还不及稿纸好，更加惹笑。

一本单行本用三二百张稿纸，蝉翼薄的稿纸一张一张写满，很多时候舍不得交出去，不是犯了自恋，皆因懒，一交到报馆就得写新的了。

写作的道具真正简单，不比拍电影，多大的才华，还得说服投资人，成本动辄几百万。抱怨本港文字水准低是完全行不通的；我们写得不好，阁下大可提起笔来。

存稿量多是写作人一大快事，出版社起码有十本书排队等候印出来，各大杂志报章通通有三个月以上存稿，多舒服，每日可以不徐不疾那样做功课。

这么多年了，早晨翻开报纸副刊，看到自己的专栏，仍然一阵喜悦。

在那么多做得来的行业中选择写作，越来越觉得选择正确。

填 表

填写表格真是生活中痛苦事之一。

记忆中从未试过一次就填对表格上所有项目。

无论是什么表格，总要填写三四次以上，后来索性以铅笔打草稿。

一看表格上细字，耳边立刻嗡的一声，头大如斗，两眼昏花，巴不得请人代填，无论是入学、求职、申请驾驶执照、换取身份证明书，甚至是移民、交税均需填写表格。

政府部门派发的一切表格，都复杂无比，时时附有小册子一本，指导市民如何好好填妥表格，读完小册子，更加一头雾水，恨爷娘没给咱们生一精灵脑袋。

是这种零碎的折磨，不是战争核爆，把我们整老的吧，填好表格之后，必须亲身去轮候，如果没有空又得另外填一张授权书，呜呼噫唏！

法治社会表格最多，事事要合规格，填表、签名等于打合同，结婚、离婚，填表无数，怪不得有些人同居算数，省时省力。

表格上的英文已经难懂，译成中文，更如天书，读了四五次，硬是不明其所以然。

还记得当年入学，填错一张表又一张表，手忙脚乱，青筋毕露，终于劳驾众同学拔刀相助，没齿难忘。

一段情

到人民入境事务处换领新身份证明书，坐在大堂，听到的轻音乐，竟然是《我有一段情》——我有一段情呀，说给谁来听……

真的，咱们这些非本港出生的香港永久居民，心中的一段情，真不知说给谁来听。

在香港住满三十五年，标准市民，奉公守法，却始终身份暧昧，旅行的时候，持小小绿皮身份证明书，到了外国海关，护照客一照面便可过去，我等往往如罚站一般接受盘问。

这还不算，一旦移民他国，证明书又届期满，竟不再发给新本！

香港政府理由充分：这本小册子不过暂借予你们应急用，既已移民，宜向该国索取旅游证件。

加拿大政府更加理直气壮：申请护照，需住满三年，临时旅游证件，更要在本土去函渥太华领取，需时四个月左右。

为此哥哥僵在香港行不得也竟达一年之久。

幸亏香港到底还是可爱的香港，法例终于修订，但凡尚未领取外国旅游证件者仍可获身份证明书续期十年。

这一段可怕的情终于告一段落。

艳名

一日阅报，忽而读到新闻形容某名女人艳名四播。

哗，艳名。

大抵胜过文名、盛名，做人亦不能有恶名、丑名，这个艳名嘛，倒不知是褒是贬。

做人若坚拒抛头露面，大概不会有名，出了艳名，当然已抛得非常彻底，恐怕连面孔带身段掷出，方能赢得艳名，绝对不是木美人，艳，同漂亮、标致又自不一样，艳是讲些学问的，自有姿势。

艳女最引人遐思的是职业，谁见过她们在暗无天日的写字楼里死做烂做？可见所走的完全是另外一条路，也不见得不吃苦，吃的却也是另外一种苦，与一般人朝朝上班舟车劳顿不同。

艳女是天生的，后天无法模仿，有时成年人只不过略平头整脸，独独她一个人特艳，鹤立鸡群，极早就知道非池中物。

富庶的社会特别重艳色，一被群众发现，立刻不遗余力，捧上天去，再也不让她做普通人，于是乎艳名四播。

自童年开始，长得好就占便宜，人生舞台上，声、色、艺缺一不可。

不 够

不很久之前，约 20 世纪 60 年代吧，女子长得好或丑直接影响前途。

而那个时候社会对于美的观点亦是极肤浅的，总而言之要尖面孔、大眼睛、小嘴巴，娇小玲珑、嗲声嗲气为佳。

时光似流水,一去不复回,美的标准随时代变迁,渐渐注重实力,一个人在工作岗位上淋漓尽致地发挥能力才是真正有贡献的美,挥洒自如,踌躇满志之余,神采飞扬,岂不胜过庸脂俗粉?

美女当然永远有她的地位,但是审美的眼光,却越来越苛刻,要求也越来越高:要美得有灵魂、有气质,要通体都美,要美得耐看,要美得特别,要美得可亲……不然,就是不够美。

做美女一日比一日难,所以许多长得很不错的女性都自动弃权,不再漫无目的追求更美,而把时间、精力放在实务上。

因此,时常在各行各业见到可人儿,为什么不去选美?美并非一项职业,本港顶尖女演员及女歌手都并非极美,因为演技、歌艺均需另外痛下苦功。

一次一个友人说:"真惨,她做了那行十多年,给人的印象,竟只是美。"时代不一样了。

猪仔麦唛

《小明周》里的所有故事，猪仔麦唛可能最得人心。

麦唛最占便宜的地方，便是有一个响亮别致易记的名字。其次，麦唛性格上有缺点，所以，他似真人，各位从事创作的朋友，角色如果太过完美，不但不够生活化，当心连生命感也一并失去，切莫犯此错误。

欲知麦唛如何无奈可爱，且听作者形容："……正如所有工作上不如意的年轻人一样，麦唛忽然发现了自己艺术上的才华，决心当起艺术家来。"笑得读者绝倒，眼泪差些流下来。

关心麦唛的读者，实在不希望麦唛做了艺术家之后，又抱怨曲高和寡，怀才不遇。

艺术家不好做：第一，必须要有丰富的作品；第二，作品必须流传；第三，作品要经得起时间考验。

做不到这三点，便是一个失败的艺术家。也许对于天真的麦唛来讲，只有生意人才分成功与失败，而艺术家，只分真假——真艺术家永远穷困不遇，媚俗的假艺术家则踌躇满志，哈哈哈哈哈。

一般人对于艺术工作者的印象是脏、懒、穷，事实上真正的大作家、大画家、大导演，却讲究真、善、美。诚然，艺术家的确分真假。

你够好吗？

常有一些人，讲穿、讲吃、讲住，开什么车子，戴哪一款手表，喝何种餐酒，真正头头是道，派头、排场、架子比王孙公子还要大。

天底万物，什么都不够好，不够名贵，不配给他享用，连早餐桌上一客牛角面包，如果不是如此这般松脆轻软，三分钟之后在舌底融化，诸如此类，就是侮辱了他。

佩服佩服佩服，太太太太识货了，衣食住行都要最最最好的。可惜，哎哟，识好货的人，自己却未必是好货呢，因为太注重生活细节，小事化大，大事化无，有空便钻牛角尖，竟不见他做出什么事业来。只会弹，不会唱，只会批评，不做功课，日子久了，感觉滑稽。

没有那么大的头，请别戴那么大顶帽。

有几个人净因为他会吃会穿而备受尊敬？男子汉大丈夫，应该姿势豪迈、大刀阔斧，在外照顾伙计，在家爱护妇孺，创事业、流血汗，成日价啾啾啾啾啾，嫌果酱不够鲜美，刀叉未算考究，不知是哪一门的武艺。

不必沾沾自喜了，须眉男子通通大杯酒、大块肉，不计细节。

开源节流

和平那年出生，饶是如此，心中老是怯。

听长辈说过太多抗战时的穷困，战后百废待兴，香港未算繁荣，一个家通常只得一名生力军，余者皆无能之妇孺……

当然希望苦日子永远不要再临，不过也实在不敢托大，我辈节约之余，也努力开源。

有日常思无日难，一听得飞扬跋扈的谁谁谁在过年前竟被老板扫了出来，又心高气傲的某某某做完手术竟睡在三等病房辗转呻吟，还有，才华盖世的前辈沦落异乡贫病交迫，立刻魂不附体，如临冰窖，一边打冷战，一边取稿纸就穷写。

在香港出生长大的二十多岁一辈就不会有这种想法，他们无忧无虑，专讲享乐，即使辛勤工作，为只为扬眉吐气，以及更高的物质享受，已经脱离草根阶层。

他们花费惊人，弄僵了大不了回父母家去孵豆芽，暂充伸手派，有靠山，真好福气。

荣休容易复出难，每逢家人问能否少写些，便顾左右而言他，并且说，第一篇小说稿费，只得六元千字，还有，1964 年《明报》见习记者月薪只是二百六十元。

糟蹋

开头，只是直径零点七厘米那样大的一组细胞，经过母体九个月的孕育，呱呱坠地，呵，那样精灵的眼睛，小小粉红色嘴唇像花瓣，舞动着小拳头，会打呵欠呢。

然后，一天喂七餐，夜半醒来，妈妈紧紧拥抱怀中，稍有病痛，大惊小怪，赶到医生处治疗。

再过些日子，会得走路，一步步由父亲带领，珍贵片段，全部记录在照片及录影带中。

终于上学去，母亲已不知洗过几回小衣裳小袜子，小鞋子稍紧即换，怕妨碍发育。每次流泪，大人均细心呵护，找出原委。

终于长大，成为少年人，一表人才，品学兼优，父母数一数积蓄，足够栽培他读到博士，所有不眠不休，劳心劳力，均似获得报酬。可以松一口气了。

正在这个时候，国家宣布开仗，年轻人被征入伍，三天后，第一批伤亡名单出来，他赫然是其中一名牺牲者。

一日，有人按铃，门打开了，军队派人送返他的军服，以及一面国旗，他父母默默接过，关上门。

天地间至大至不可原谅的浪费是战争，诅咒那些一说为国捐躯乃光荣甜蜜的人。

四项理由

为什么辛辛苦苦地写稿交稿？最低限度是为着下述理由其中之一。

（一）喜欢写；（二）写得好；（三）赚得到稿费；（四）读者多。

业余高手通常是为着喜欢写吧，读者对他们来说，好比朋友，能够与他们笔谈，已经有极大满足感。

学者文章未必引起极大共鸣，但对于优秀的文字，社会自有公论，更应该写多些。

畅销书大抵版税麦克麦克[1]，叫他怎么停笔？

如果四项通通做得到，恭喜恭喜，千万记得多劳多得，一直写下去。

---

[1] 麦克麦克：老上海话，指很多。

奇是奇在有许多人既非喜欢写（怨气冲天，大叹苦经），又不见得写得好（日日重复爬格子之苦，怎么会及格），收入自然降低（思路狭窄，稿费大退），因此失却群众基础，却千不情万不愿地照写不误，心态真正奇突，不知为何虐己虐人。

写专栏的压力异常大，天天准时交稿，日日一个不同的题目，先把思维整顿妥当，然后白纸黑字辛苦写出，才算完工，职业撰稿人为着生活，才逼不得已做好本分，四项要求全部做不到的人，为什么还在写？

参半

人生苦乐参半。

有人喜欢夸张愁苦，忧心忡忡，浓得化不开来，冠盖云集，独斯人憔悴，幽怨到了不得，其实旁人看着，已觉他生活十分不错，不知道为什么要凭苦来争取票房收入。

又有人喜欢夸张喜乐，天天情绪高涨，雄赳赳，气昂昂，非常励志，动辄斥责敏感抑郁者，他永远充满计划抱负，一再声明：世上无难事，只怕有心人。

可惜两者不能加起来除二，喜乐平均些。

不过心理学家却觉得，天天诉苦有益身心，痛苦的只是亲友双耳，说出来，舒口气，功德无量。

千万别以为这种人会自杀，没有可能，怨气早已一而再，再而三倾诉出来，为着继续肆意发泄，明朝一定起来，活下去。

倒是要当心那种快乐起劲得过了分的人，平时不露声色，台上是一个人，回到家卸了妆，可能又是另外一个人，扮演快乐是世上最痛苦困难的事之一，压抑过度，戏演不下去，只得轻生辞演，那边厢尚在鼓励他人前进，这边他自己倒打了退堂鼓。

承认生活中有苦有乐诚属平常，比较健康。

忘 不 了

少年时，一直认为人到了中年，必定会把年轻时所有的人与事忘得一干二净，涓滴不留，否则，中年人怎么会老说他们不了解少年人，并且有代沟存在。

时光如流水，一去不复回，等到自己踏入生命另一阶段，却发觉年轻时所有的一切均历历在目，通通忘不了。

清晨，黄昏，思维特别清晰，人脑记忆系统比电脑优秀，可以不按次序抽查记录，一下子飞出去老远，把童年及少年时的情景自空荡空间唤回重演。

于是时常有成年后的自己摇头叹息地看着少年时的自己愚蠢地跌倒爬起，完全像卫斯理故事情节。又隔开一大截岁月，宛如前生事，应该是不记得的，可是又明明记得，故不敢向任何人提起，免得麻烦。

同文说如果有机会再来一次，他必然朝相反的方向走，看看结果如何，那想必是因为他无论向左向右走，生活都同样精彩的缘故。

有些人的生命中没有路，每走一步都似垦荒，一路上开山辟石，或许有机会扎营休息，或许力歇倒下，不能往回走，自然也不能往相反的方向走。

之 间

同文说，他的情绪，常处于"不快乐"与"不是不快乐"之间。真令人唏嘘。

最怕有人问：你快乐吗？老老实实，苦苦经营了那么些年，只不过自不快乐跳到不是不快乐，已经可算大跃进，另外一项成就，便是早早已不谈快乐这回事，暂搁在一旁，且为生活奔波。

友人曾说，可是至少在看到书印出来的时候，还是快乐的吧，呵，当然不是不快乐的，不过，毕竟亲手辛辛苦苦逐个字慢慢做成，不由得感慨万千，余类推。

又有人说，他一天之内，有三四个小时是快乐的，如果不用靠药物帮助，那么，他是天底下最幸运的人，自问把前半生所有快乐时间加在一起，也没有三小时那么多。

要求苛刻？非也非也，但愿常常不是不快乐，已经心满意足。

近年来表情无甚大变化，怕人多心，时常声明并非不快乐，并且对于较年轻的淘伴为一点点小事悲恸，大惑不解。

我们这班人，只知道明天有功课必须完成，有黑锅要背，还有账单一定得付清，也许，也许在某一个春天的黄昏，再掏出闲情，惆怅一番。

光

很多人怕黑，也有人怕光。

老匡每次搬新居，均吩咐装修师傅将卧室窗户通通封死，全海景也不要看，以便生活在黑暗中。

天一亮就得作业，白天烦人的俗务琐事汹涌而来，吃不消。

有一阵子搜集航空公司送的眼罩，晚晚戴上睡特别宁神，再加一副耳塞，好比暂时大解脱，妙不可言，有益心身。

半夜醒来，不看钟也知道时辰，多厚的窗帘无论几层都不会全挡光线，见有微光透进，如果是夏季，只不过五点多，如果是冬季，已经近七时。

特别警醒的人总比闹钟早十分钟睁开双眼，需要拨闹钟，准是有要事，那么紧张，怎么还睡得着。

林黛玉说的：一年之中，只不过得三两好睡罢了。可见游手好闲，不是福气。

黑沉沉的卧室，亮光光的书房，都是享受，最好设一小偏厅，不太亮，也不太暗，但足以看清对方的眼神这一段应该收在小说而不是杂文里。

整间公寓，依重要性次序排列，是卫生间（要大）、卧室（要暗）、厨房（要窗），稿子随便哪里可写。客厅？要来无用，从不招呼客人。

小说

曲折的情节十分难写，尽管有人以为什么都没发生过才是高招，譬如说，两个中年人对着愁白发就愁掉一万数千字，不过读者还是希望小说有出人意料的发展，并且有一个不落俗套的结局。

精彩对白也颇为重要，太普通的日常语没有意思，像"你喝咖啡还是茶""加几粒糖""我们去看七点半场还来得及"，不过，不像人讲的话，最好也别逼主角们讲，如"我爱你爱个千秋万载，海枯石烂，啊，永恒不变"之类。

人物的性格需强烈、突出，并且合理，坏的一味坏、忠的一味忠大抵已不为今日老练的读者接受。

那么，成功地营造细节，更是了不起的成就，细节增加整篇故事的真实感，例：那女孩子专门穿红鞋，她往上爬，成功、踌躇满志，都由红鞋带领，最后沦落潦倒，脚下的红鞋也已残破肮脏。不过难中至难是制造小说气氛，赚人热泪的，往往是这种感觉，自第一页开始，就感动读者，看到第四十页，他们终于忍不住，泪盈于睫。

没有气氛的小说毫无精神，令人怏怏欲睡，但见书中人来人往，主角们瞎七搭八闲话家常，争风吃醋，到最后随便哪个抛弃了谁，剧终。

上代下代

许多美男美女的父母都姿色平平，纯因为运气，儿女非常出色。可惜也有不少资质普通的大人盼望子女出人头地，实属强人所难，遗传这件事十分奇妙，要一个人克服出身，突破限制，过程一定艰苦。

付出多，收获少，无此必要。

现代家长比较难做，"上有八十岁老娘，下有三岁孩儿"已非讹话，乃生活写照，上一代与下一代均需小心护理，时间、精神、金钱都有限，夹在当中的阶层只得褴褛起来。

对孩子们已经没有太大期望，功课及格，身体健康，快快乐乐，等于孝顺。

上一辈老人要求高很多，有人说："你的收入全交予我，然后每一天再由我分配数十元给你，才是孝顺。"那怎么做得到！

明理的人不一定是明理的父母或子女，合不来就合不来，不到十句话，即起冲突，万试万灵，只得笼统及遗憾地称为没有缘分。

到了紧要关头，希望仍然血浓于水，互相帮助。

爷娘生的在外面身壮力健，肯做肯挨，也就是天大的恩典。

懒

这样懒也讲功力。

精神通通用来写稿，已长远不理生活琐事，老伴讲到必须处理各种事宜，只会勉强自纸笔间抬起头来，茫然一声"啊"，算是回应，事无巨细，全部大事化小，小事化无，能够卸到他人肩膀便卸之可也，不能卸者则扔到地上算数。

每天写完稿，精神已去了八九成，交际、应酬，毫无兴趣，工作既毕，只想休息，天都黑了，谁还耐烦化妆更衣，看完电视新闻，即约会周公。

直到年前有友人问"这样生活会不会是种逃避？"，才怀疑也许有自我检讨的必要。

能不能少写一点呢？可是一旦空下来，必定得打理一些经济实惠的事吧，譬如说招呼亲友、留意财务，都乏味庸俗且吃力不讨好，此刻一声"忙，赶稿"，立刻名正言顺过关，逃避到底，故此不敢放下笔来。

小说幻想世界美丽多变，钻了进去也会上瘾，故独沽一味地写，看到他人多才多艺，反而觉得似六国贩骆驼，乐得清闲，不肯多忙。

环顾四周，大多数写作人都有兼职，或视写作为兼职，专职写作，其余什么都不做皆不理，实在无几人。

贰

小动物

十

现代人，工作应酬都太忙，在某些事上，脑筋有些混淆，宠物当孩子，孩子当宠物。

记忆

少年时有极佳记性，谁同谁，在何时何地，说过何话，穿着什么衣服，都一清二楚，日后讲出来，历历在目，一丝不乱。

背书的功夫又不见得好，净记些无关紧要的事，十分无聊，确应改掉。

锋芒毕露的年轻人又特别喜爱郑板桥的难得糊涂，渐渐真正不计较了，也不觉得糊涂有何难能可贵，不是假装，而是生活写照，许多人与事，不复记忆，问起，一声"嗄"，抬头，茫然，恍如隔世。

约会朋友，通常有要紧事，全神贯注，绕着题目转，哪里还会记得谁打扮得好不好看，或为散心，何处讲何处散，开心过后，亦不复记忆内容。

故此，从前扮糊涂，现在扮认真："啊，记得记得，当然记得。"事实上一点印象也无，"是是是，当年我们是同事。"到底是何处，报馆、政府？"没有没有，怎么会忘记……"

记忆却如走了光的底片，白蒙蒙一片，更名正言顺赖在蒙汗药上：三年做两次手术，全身麻醉，记忆大坏，等等等等等。

什么？这个题目已经写过？唉，瞧这记性。

找 人 谈 谈

心理医生说：情绪真正沮丧的时候，拿起电话，随便找个人谈谈，无论十分钟也好，十五分钟也好，题目不论，胡乱说一阵子话，都有帮助。

要求好像很低的样子。

你去试试看，找谁？

尤其是周末、公众假期，全世界人往外跑，谁会耐烦坐家中等电话做义勇军陪落魄的友人说上十分钟。

十分钟都不行？孩子哭了，牌搭子催，刚好要出门，正吃饭……稍后回你电话，稍后？又有别的事要忙，并且，各人有各人的烦恼，至怕听见不算熟络的成年人在电话另一头哭个不停，乱诉心声。

大家心肠都渐渐练得刚硬，回想过去数十载，天大事宜，还不是件件靠自身熬过，谁帮过谁，谁是谁的恩人，学业、工作、婚姻，通通不是靠人事可以成就，都应该自己想办法。

实在气闷不过，尽管找人闲谈散心，但必须适可而止，切勿陷人于不义，给朋友强大压力。

一个人若长期不能打理控制情绪，诚属可悲，必须寻求医疗。亲友无义务做听众。

大 姐

自从女性在社会上出人头地之后，新称呼应运而生，但凡在一个行业做出名堂来，地位比较高的，统称姐级，当着面或掉转背，阿姐就是阿姐，喜不喜欢她，服不服帖，是另外一个问题，阿姐们，通通有阿姐的外形、资历、成绩。

年资长不一定是大姐，有名气也未必是大姐，大姐必须要拿出贡献来。

哪些人会有潜力变成大姐，哪些人永远做不成大姐，完全看得出来，要讲些天赋的，乱钻不成气候。

大姐是否全无缺点？当然不是，有小气的大姐、毛躁的大姐、神经质的大姐、孤僻的大姐……但是一站出来，瑕不掩瑜，大姐仍是大姐。

无须用到可意会不可言传这种含蓄字眼，有些人在行内兜转多年，人人都知道那是谁，许多明星上来，又消沉，眼看许多人入行，许多人荣休，他们仍然是他们，虽然是一块招牌，却打不响名号。

是有点公论的，大姐并非一小拨拥趸可以捧出来。有些小妹妹专爱讪笑，有些大姐已经过时落伍，且慢扬声，阁下再努力钻营十年八年，未必及她红时光彩一半。

过气大姐！也还是大姐。

姐妹

女性与女性做朋友，统称姐妹，日子久了，交情深远，便戏称为老姐妹。

据悉，许多友谊最终变质，成为陌路人，乃是因为无话不说，没有秘密，知道得太多，失去尊严，不好相处。

大家一起看戏、喝茶、逛街、购物，比较收入、伴侣、工作，万事有商有量、交换意见，结果太过熟络，带来轻蔑。

人与人之间，保留些距离是高招。

实在难舍难分，顶多下午茶之余再吃顿晚饭，好各自回家休息，下次再来。

闲谈间，千万不要涉及猥琐的内容，如人家夫妻是否恩爱，或是新工作年薪多寡，甚至是何时移民，在温哥华哪一区买了房子。

知来无用，除非是人家愿意讲，又当别论，大可陪他说个饱。

老姐妹中，许多欠缺好奇心，连对方住哪一条街都不甚了了，动辄三五七个月不见面，各忙各的，但交情是一种默契，贵在彼此欣赏钦佩，何用天天搂着诉心声，偶然见面，一样愉快。

萨克斯

芸芸乐器中，最希望会得玩金色的萨克斯。

像世上所有功夫一样，要做得好，大概都是二十年的精神、时间、心血积聚，非街外人一句"有兴趣我想玩"，可以达到目的。

故此多年来只是远观，那样幽怨温柔的靡靡之音，吹奏出情歌来，如泣如诉，如怨如慕，学会了，在友好聚会当儿，把功夫施将出来娱己娱人，多么开心。

于是犹疑地问友人："有一只电子萨克斯，先学习那个……"人家很客气地解释，正如电子琴不等于钢琴，电吉他完全不同木吉他，电子萨克斯也是另外一回事。

在乐器店内研究多姿多彩的萨克斯，发觉有两种尺寸，较小的应当适合业余者，缓缓婉转吹出那些老好情歌如《七个寂寞的日子》与《我不能停止爱你》，一诉情怀，那是大家都能够明白的思念与感情，并且毫无保留地炽热，比起来，小提琴是太过遥远了。

一早不顾一切，鼓起勇气努力，此刻也可以勉强奏一两曲了吧，因为没有吃苦动手，便像一些巨著一样，长久不得面世，永远是篇腹稿。

从构思走入实践，不知还需多少个日子。

起床气

孩子们有所谓起床气，午睡醒来，不知怎的，必须哭泣一番，叫大人好哄，才肯作数。

我们也有星期一气，或称之曰星期一忧郁，在星期日午夜已经发作，根本没有勇气起床，只希望星期一永远不要来临，那排山倒海积聚了一个周末的工作会得自动生脚远离我们。

闹钟一响，被逼起来，呵，那种幽怨，非笔墨可以形容，只觉鸟不语、花不香，连十七岁那年受的委屈都酸溜溜涌上心头。

抱着浓茶，但觉腰酸背痛，右臂膀似被点中穴道，不能动弹开工。

唉声叹气，不知半生做牛做马，为的是何人何事，这样折腾到近午，功夫赶了一半出来，要打的电话也几乎打通，奇怪，又渐渐认了命，心境也平复下来，默默地又一次背上生活枷锁。

所以，很多时候情愿不放假，索性暗无天日一直做做做，直至倒下来，这话是谁说的？累得一头栽倒在写字台上，总光彩过倒在麻将台上，虽然苦乐差了千万倍。

于是又挨过一个星期，又到下个星期，五十二个礼拜之后，又是新的一年。

作风不同

在学校里学烹饪，上万呎[1]的厨房，设备应有尽有，人手齐备，往往花整个上午时间，只做一客主菜，或是一甜品。

现实世界里，六七十呎地方，挤不下两个人，却要煮整家一日三餐，每餐起码两菜一汤，烧开水、焗奶瓶、下午茶、消夜……通通是它了。

真委屈，竟有那么大距离，一气之下，从未在现存的公寓小厨房内做过任何像样的菜式。

小时候，总以为自己会在宽敞的社会上有一番作为的吧，踏入成年，才发觉缚手缚脚，天大的抱负，都未必施展得出来，失望得不堪。

---

[1] 呎：英尺的旧称，1 英尺等于 0.3048 米。

但是终于学会了在狭小的天地里过活，麻雀虽小，五脏俱全，把排场派头紧缩，一样办事，同少年时雷声大雨点小，中看不中用作风，大异其趣。

不由人不想起那大厨房里做出来的小蛋糕，失笑。

有些人至今还维持豪华作风，做些小事，便排开阵仗，生人勿近，闲人让路，威风凛凛，旁人肃然起敬，半晌，拿出成绩来，哗，才那么一点点，我等随便伏在哪个幽暗角落片刻也就做出来了。

作风不同。

男人打扮

一直认为男性服装中，中国人的长袍算是好看的了，深色丝或呢绒面子，里边镶各式皮毛，走路时轻轻撩起袍角，潇洒至极。

近日在电视新闻中看到阿拉伯男子服饰，留神，原来他们在白袍之外还加一件宽大的纱衣，或黑，或白，均镶有金边，想是王族打扮，平民不得擅用，加上头巾，全身露外边的只有一张脸与一双手，十分端庄。

男人穿西装外罩一件长大衣也神气，当然必须身材担得起。

灯芯绒上装恒久实用，要不，就是牛仔服白衬衫。不过这是十分平凡的人间烟火式打扮，穿得好看，功夫更深。

最最恶俗的是整套白西装，或是校服以外的白衣白袜，记得20世纪60年代的电影与小说吗？男主角们成日价穿着它们走进走出，不知如何生活。

运动衣当睡衣最舒服，也比间条睡衣美观千百倍，衬衫是白色最正气，领带一花绿就似伯父，深浅灰色西服最美观，原来男装同女装一样，少即是多。

球鞋十分适意，懒佬鞋也好看，老式绑鞋带皮鞋永远时兴，其他款式男士不宜。

谢谢上主，男人拿手袋风气，终成过去，唉，几时淘汰手提电话？

不受训

友人所用菲律宾家务助理，简直一流，堪称万中无一，说起来，他苦笑不已，解释："训练了十年，方有此成绩。"

可是，有些人是完全拒绝接受训练的。

我们自学校出来，还不是个个似盲头苍蝇，乱扑乱撞，还不是要接受社会大学训练，有一部分边做边学，痛下苦功，渐渐进步，有人不肯学习，一吃苦即痛哭失声，躲进洞穴，一事无成，也就大半辈子。愿意受训，已有过人之处。

旁的家务助理，专同主妇纠缠不清——"床底下仍有积尘""吸尘器吸不到""被套换了没有？""你有新套子吗？""会不会裹云吞？""不知道那是什么。"再说下去，干脆辞工，再过三十年，也不会进步。

人家的成绩，断非单靠幸运。

社会大学教起学生来，一如军训，苦不堪言，硬是用刑具把各行各业各色人等夹得成才，不吃咸苦，何来报酬。

所以说，没出来做过事、处过世的人，永远不会长大，非要受训不可，心肠渐渐刚强，思路渐渐分明，手脚渐渐灵活，才会有人赞好。

睬他做甚

劝架的时候，有一句老话，叫"一人少一句吧"，真是金玉良言。

现在当然没有人打笔仗了，但偶尔还在专栏中看得到一句来一句去，似有点火气。

若两人地位、年龄相等，倒是趣事，若一老一少，名气、功力差距十万八千里，便叫读者啧啧称奇。

照说，道不同不相为谋，不可能成为朋友，当然，亦无资格成为敌人，地位悬殊，睬他做甚，瞄他一眼都失了身份，英明扫地，还指名道姓对骂？休想，休想。

可是道理人人明白，实践起来，却没有多少人做得到，尤其在气头上，不管三七二十一，反攻了再说，中计矣，白便宜了对方。

从前，挨批挨斗者不动声色、若无其事会被好事之徒嘲笑："他还有什么话好说，他还敢应声？"今日，读者已经明白到专栏不是这样写的，以下犯上，不自量力，要被读者看不起，还有，以大欺小，更加无聊，简直要被读者唾弃。

有道理，讲道理，强词夺理也勉强可以，最肤浅的是对人不对事，一见谁有几本畅销书，谁的言行举止便自动可恶起来，非要设法拔掉这根刺。

名字

人人都希望有一个别致、秀丽又容易叫的名字，可惜这件事控制在父母手中，于是许多女孩叫玉芬、家丽，许多许多男孩叫国栋、家兴。

名字取得好不容易，姓钟，名意，本来悦耳至极，可是孩子长大，未必做艺人，钟意大律师、钟意脑科医生……多么怪。

友人的两个女儿，大的叫竺霓，小的叫星吟，美绝人寰，叫你的灵魂颤动，却一直怀疑，名字太特别，也许福就削，故不敢挖空心思。

其实每个新生儿叫恩赐绝对错不了，那样十全十美的小家伙，不是上帝的恩赐又是什么。

长辈命名也个个好，他们是生命的泉源，没有祖哪儿来父，没有父哪儿有我，叫润土，叫带弟，通通没问题。

有人重女轻男，有人重男轻女，有人深觉男女平等，名字何必分男女，有什么好字乃可依次序给孩子们领用。

近年来最欣赏的名字叫健乐，一个人有健康快乐，夫复何求?

写小说的人，为书中主角、配角，少说取了千多个名字，不简单呵。

小 动 物

猫狗都是可爱小动物。可是正如一位有智慧的友人坚决地说："即使一辈子没有子女，也反对一些人养猫狗犹如养孩子。"

真的，谁是虐待狂呢？谁都不会踢、打、踩小猫小狗，但四只脚的动物，最好让它们在地上自由活动，大抵不必紧紧搂在怀中，当小孩那样带。

猫狗也需要尊重，合理地、客气地对待小动物，照顾它们饮食，病了立刻看医生，已经足够，似乎不用为它们庆祝生日了吧。

小孩亦不是宠物，恐怕不用天天打扮得花花绿绿，古灵精怪，犹如卡通人物，招摇地带身边，随时亮相，做最佳绿叶使用。

现代人，工作应酬都太忙，在某些事上，脑筋有些混淆，宠物当孩子，孩子当宠物。

甚至有人说，不要孩子，视家中两只狗如一对儿子；也有人说，写一本书，好比生一个孩子。

孩子的地位日渐式微？

倒也不见得，有孩子的人天天说孩子，饮宴、旅行、逛个街也带着孩子。

游行抗议示威也抱着孩子。

无暇失恋

少女演员与男伴分手之后，拍完手上新戏，去了美国罗省[1]，然后转飞旧金山参加女友婚礼，稍后再飞赴德国参

---

[1] 罗省：洛杉矶。

加柏林影展。据知，她有三部影片在柏林影展中展出，大约在本月底返回本市。

经理人称，基本上她会答应演出导演会的新片，而下月中她会北上上海拍摄另一部电影，又接拍了日本电视台一部电视电影……

忙得这样丰盛，大抵匀不出时间失恋。

不比从前的女子，根本没有自己的生活，事事跟着那位异性跑，由他带出去见人办事，他决定消失，生活马上垮下来，到处都有他的影子，这件衣服在他生日宴会穿过，那家餐馆是与他第一次约会的地方，缠缠绵绵，起码三两载，才能将不愉快记忆洗脱，重新开始做人。

对一个人依赖越大，越是难舍难分，不愿意离开一个人，终究不是为了恋恋不已，而是一旦分手，身份、生活，均成了问题。

这样掺杂的感情，怎么好算真感情，失恋，自然也并非纯失恋。

现代女性，年纪轻轻，便已学得生活独立，恋爱管恋爱，做事管做事。

早些到

迟到，真是一宗奇怪的事。

对一些比较干脆的人来说，不喜欢去的地方，索性不到，喜欢去的地方，当然准时到，根本无须走中间路线，不必迟到。

办公事，习惯早些到，预松二十分钟，先到会场打点，不是为取得印象分，而是为办事从容。果然，客户也提早十五分钟来做准备，还能与他做最后演习，而客户助手，却施施然在准八时三十分到达，她没有迟，已受上司白眼。

早些到从此成为金科玉律。早起鸟或许也找不到虫子，但我已经早起，尽了力，没有遗憾。至于无关紧要的约会，一口拒绝，没有空，没兴趣，也不想出现，不到最好，谁没有谁会不行。

人家有事求我们，我们反而要早些坐在那里恭候，免得坏了人家兴头，我们求别人？准时则可。越是大人物越准时，故英谚曰："准时乃帝皇之美德。"我等小老百姓，迟十分钟也算准时了，哈哈哈。

同新相识约会，总提点一句："请准时到。"

有无等人的烦恼？只予一次机会，一次迟到，终身不约。

聚少离多

弟兄众多，却聚少离多，等闲见不到面，感觉非常寂寞。

同桌吃饭也讲究缘分，看到人家弟兄姐妹闲时共聚一堂，认真羡慕。奈何我家兄弟干革命的忙着为国家奉献了四十年宝贵岁月，写文章的为读者笔耕数十载，著书数千本，还有为学术从早到晚在实验室中过日子，没有谁抽得出空来吃杯茶、逛个街。

那么他们也许会嗟叹，人家的姐妹不知多温顺懂事，好歹是一条可靠臂膀。

这些日子，为口奔驰[1]，忙得十分憔悴，稍有余暇，都用来休息，提不起劲搞聚会。

最近两年，逢新春佳节，便进医院做手术，养好身体，已是初夏，真正什么地方都不用去。

有时看画报，某君失恋，某君的小弟立刻赶来陪伴左右，心中奇怪，怎么好像都没有正经事做，何以为生？必须要本钱十分充沛才能展示这种手足之情吧。

---

[1] 为口奔驰：为了生活而忙碌。

还有，老远路去参加亲友的婚礼、生日宴、派对，都不是没有条件的人可以做到的。

营营役役的小老百姓，与人只得相敬如宾，聚少离多。

衰两次

有人说要学做人。

富有人生经验者却说："学没有用，起码衰两次，跌倒再爬起身，自然就会成熟，四十岁啦！"

真是至理名言，却也十分悲哀，四十岁了，眼睛都快老花，才刚刚成熟。

摔跤，要在四十岁之前，那么跌倒了还爬得起来，二十岁、三十岁，都还有力气，把失败的经验谨记于心，以后只有站得更稳。

吃一次亏，学一次乖，什么事该做，什么事不该做，什么人要认识，什么人避之则吉，江湖上机关陷阱千术，都一清二楚、了如指掌，则事半功倍。

跟师父，不管用，他的糗事瘀事，不会公之于世，净会吹牛说当年勇，谦逊者更不会轻易收徒弟，经验？默默埋心中。

闯世界还是要靠自己。

头破血流之后，必定学乖，切肤之痛嘛，刻骨铭心，机缘来时，也更加珍惜。

只可惜失败后拗腰再起，辛苦吃力之处，也不要去形容了，难怪许多人从此不振。

最坏

两性之间关系复杂无比，上上签当然是（一）他对你好，略差些的是（二）他只对自己好，自爱的人通常不会给你惹麻烦，还算不错。

（三）他肯接受你对他好，辛苦点无所谓，单程路也有若干乐趣，（四）连你对他好都不要，那就比较惨了，注定要失去这个人。

可是这还不算下下签，最下等的男女关系是，一方硬是不接受另一方，坚持分手，事后见对方有起色、有生机，又后悔，纠缠不已，甚至出动中间人，硬是要捞便宜。

正是，最坏的人不是甩掉你的人，而是咬死你不肯放的人。

分手有许多原因，一本书都写不尽，只得笼统地称之为缘分已尽，最佩服有些人口口声声"我们还是朋友"，奇怪，可以做朋友，何必分手。

吃尽了亏，有时在街上蓦然见一人迎面而来，似曾相识，立刻吓得魂不附体，急急避到对面马路……

人生苦短，去日无多，厌恶的人与物离越远越好，不必卖弄风度。不愿爱人，亦不自爱，对社会及他人需索无穷、纠缠不清，诚下等人。

佩 服

尊子政治漫画，令人拍案叫绝。时常怀疑画得那样大胆、传神、抵死、滑稽、讽刺、一针见血、毫不容情，将来是要有麻烦的。

有时读罢，忍不住骇笑，掩卷，这样子下去，不要说画的人不妙，连看的人，也恐怕有罪。不过一摊开报纸，很难不被如此精彩的漫画吸引。

本地姜，绝对辣，许多人以为天天交稿会得坑掉一个人的才华，可是真金不怕洪炉火，日日操练，才华更见出色，题材手到擒来，不费吹灰之力，已见功力。

线条简单，人物面谱特色尽现，看得出运笔如飞、文思流丽，毫无阻滞，越画越有，所以神采飞扬。

佩服佩服。

自电视访问片段得睹庐山真貌，是一英俊年轻人，温文尔雅，不见锋芒，不知怎的，《明报》常出这类人才，先有石琪，后是尊子。

唉，本市还算文化沙漠？只要有才华，即时被赏识，这位年轻人又有什么背景、势力或是人事关系？一支好笔足可以走天涯。

读者更是最有力的后台老板。

二十本书

同文扬言，一年想写二十本书。

其志可嘉，谁不想呢。

每本书平均约十一万字计，二十本书，即二百二十万字，一年只得三百六十五日，全年不停写，每天要书六千多字，停顿一日，第二天即需补回，稿债立刻积为一万二千字，余类推。

这笔字数说多不多，说少不少，且勿论题材构思，有时单是抄，也抄不了那许多字，长年钉在写字台前操作，日久颈脖患上职业病，头与手都提不起来。

记忆中从来没写过那么多字，非不为也，乃不能也，三千多字已是能力所限，做起来最快起码四小时，稍慢，天黑了还在摸。

写得好与快的都另有其人。

此刻一稿稿费与版税都那么理想，写得动与写得出的人真要好好地写，努力发展。

否则，慢慢写也不要紧，一年一本书同二十本书都是书，只要受读者欢迎，即不枉辛苦一场。

写作出发点与目的各有不同，有人只为扬名立万，有人纯为生活，有人想得奖，有人只看收入，各施各法，各适其适，不亦乐乎。

不喜欢他

写作人总是不喜欢编辑改他们的稿，正是，错字都是自己的好。

编辑们很多时候，也懒得去改动原稿，"狗咬吕洞宾，不识好人心"，替他们改了错字白字，还呱呱乱斗，没有天理。

于是有些专栏中出现了至大至明显的错处，编辑也不去理会，读者莞尔，老编们不喜欢他，不提醒他，也不替他执拾，任由他在大众跟前出丑！

什么错是手书之误，什么错是一时之失，什么错根本是学养不足，一目了然。

交稿准时，不搭架子，接受意见的作者多为编辑所喜。看到谬误，查经据典、翻阅资料也替他补足纰漏，第二天刊登出来，妙文一篇。

所以，平易近人自有好处，做不到，也不用斤斤计较，作者所书，当然是字字珠玑，无须置疑，只要不是成句成段那样被编辑增删批阅，请记住，和为贵。

很多细小但不值得原谅的错处只有心绪清的老编才看得出来，当局者迷，赶起稿来，错漏百出，甚至有空一格等老编填充者。

想到这里，又不那么憎恨编辑了。

不理世事

一个写作人，完全不理世事，只管写作，可不可以？

所谓不理世事，包括不谈恋爱，不上班下班，不投资保值，不结婚生子，不打理家务，不结交朋友，不升学进修，不外出旅游增广见闻，亦拒阅坊间书报杂志。

这大概不是不理世事，长年累月下来，只怕变成不谙世事，俗人糊涂了，这样一个人，凭什么写作，凭虚无缥缈的天才？

写作不但要深入民间，食尽人间烟火，最好广泛做资料研究搜集，甚至亲身体会了解情况。

闭门家中坐，题材天上来一说已经行不通，作品情节虽属虚构，人情世故，却必须真实，对生活缺乏理解，应该无可能写出成熟作品。

不理俗务是可以的，无暇理会，没有兴趣理会，俗务本来讨厌之至，不理最好，但是要热烈投入生活，一个学生不喜代数、会计、几何无可厚非，如对每个科目都感厌恶，则不可能读得成书。这样子写出来的作品极难引起共鸣，可是或许该小拨作者目的只为孤芳自赏，对有没有收看率、收不收得到稿酬，浑不关心。

有些作者认为读者多是侮辱，又有作者千方百计地出尽百宝招徕读者。

深爱过

若干年前，同文失恋，初恋女友结婚了，新郎不是他，他一直渴望同旧爱人，别人的妻子再会面：她的房子在哪里，孩子叫什么名字，生活可幸福？

终于，他浪漫地摸上门去，让她惊喜，可是手上的玫瑰花惊惶地落在地上。

聪明美丽的少女已变成家庭主妇，细致双手竟然粗糙，才谈两句，便得急急离去，到托儿所接女儿，带回家洗澡，弄晚饭……

同文的梦想四散，沧桑地蹀躞伤感。

呵，时光如流水，一去不复回。

千万不要再去追忆当年的梦。

无论哪一年哪一月哪一日享受过何等样的欢欣快乐，陶醉在何等样的诗情画意中，都不可贪婪回头，希望再尝蜜之滋味。

即使是感动过我们的一出戏、一本书、一个风景，再看一次，已不是当年感受，无谓恋恋不已。

最经不起考验的是人，不是说人家，而是讲自己，有时蓦然在镜中看到影子，真正"纵使相逢应不识，尘满面，鬓如霜"。几乎不敢见旧友。

读 者

个个写作人都有读者，读者越多，作者越红，稿费也越好，作者生活质量也相应提高。

故此，读者可说是写作人的老板，大抵不是什么良师益友。

读者是很遥远的一群人，他们从不表示爱看什么，他们只挑值得看的看——要值回书价，要值回时间。

今日看这个作者，说不定明日又去看那个作者，变心的时候，无可挽回，曾听见出版商对某同文说："要出书也可以，但不能够用原来的笔名，那个名字已经没人要看，改别的名字吧。"可怕到这种地步，只觉唇亡齿寒。

老匡说的智慧之语："十本书中如有一二本不符合该作者一贯水准，读者还会原谅，十本书中三本失水准，全十本会被读者唾弃。"

这个说法是可以相信的，读者要求十分苛刻。

却也不必刻意奉承，做当然尽力做，不过，只能做到这样，再不爱看，请看其他优秀作品，选择众多，不怕没有精神食粮。

同老板是要维持安全距离的吧，即使获得赞赏，也切记不可忘形，千万不可以为读者会在作者身上有什么得益，最好沉着地维持互荣互利的关系，五十年不变。

知 己 友 好

一位名人庆祝生辰："他从不爱铺张，生日只望与友好分享。因而只摆了六桌。"

以一桌坐十个人计，起码六十位朋友，听他口气，不是知己，不予邀请，六十位知己！

这位仁兄，同另一位说他一天之内享有三小时快乐的同文一样，是天底下最最幸福的人！

六十个知己良朋，夫复何求？真有福气。

鲁迅说的，人生得一知己足矣，可见各人要求不一样，各人所得到的也不一样。

性格孤僻的人从来不请客吃饭，一张圆桌起码坐十个八个客人，一则号召力不够，二则数来数去，哪儿来那么多好友；如果又是另外一顿政治饭，皮笑肉不笑，嗨呵嗨呵，你好我好，天气好好，那还不如不聚。

孤僻的人也很少接受邀请去陪饭，好友的好友未必等于你我之好友，一见道不同之士同席，顿觉生硬，开口怕得罪人，不开口则没有礼貌，如坐针毡，惨过写一万字。

自我中心也属应该，日子过一天少一天，千万不要勉强自己去做不爱做的事、见不爱见的人，更无须刻意搞人际关系。

强人所难

一般正常的人，都晓得体贴亲友，日子久了，总有感情，谁谁谁不喜欢应酬，便尽可能不去烦他，又哪个人最讨厌烟酒赌，便尽量不在他面前表演这三样功夫。

懂得迁就，友谊才能长存。

有些人刚刚相反。越是熟，越要强人所难。

不然像是显不出能耐似的："他身体不好，入黑后不便出来，你们有没有办法使他现形?""我有，他欠我人情，他不敢逆我意，你们走着瞧，他非出来不可!"

还得意扬扬，越使他人不愉快，他越有本事。

真是奇怪的心理。

不但对朋友这样，对伴侣也如此，结果自然一拍两散，亲友卖少见少[1]，其人还不明所以然：为什么？为什么？我为人豪爽忠直，他们为何不懂得欣赏？

并不知道人家的忍耐力已到极限。

志趣不同，并不影响友谊，千万不要强逼友人照我们的生活方式做人。

阿施不爱吃豆腐，请他晚饭，干脆大鱼大肉；小张怕吸二手烟，在他家做客，记得到花园去抽烟。与人方便，自己方便。

---

[1] 卖少见少：很少、非常少的意思。

Cracking Up

读书的时候，一遇功课繁重，或是临近考试，便听见同学诉苦："I'm cracking up."

这英俚语是精神崩溃之意，用到 crack 这个单词，又好像整个人先出现丝丝裂缝，然后逐片逐块脱落，终于全身崩溃，十分卡通化，非常传神。

忙得不可开交的时候，确有崩溃之意。

先是叫不出名字，对着阿三叫小四，因为累，精神不集中；接着忘却东西放在哪里；再过一阵子，休息不足，更加恍惚，灵魂如要出窍，回到那较年轻较美好的岁月里去。

不由得也怪叫一声：濒临崩溃了。

预知要崩溃还真的不妨，总会想办法抵抗，正如喝醉酒的人永远说"我没有醉"一样，精神科病人也总觉自己清醒，但在旁人眼中，他们已大告不妙。

学生到底容易做，两星期大考一过，又是一条龙，接着放暑假大松特松。

做成年人不是那回事，压力长年累月存在，无期限、永恒，一关之后，又有一关，英雄好汉有时都会跪地求饶，叹声生活逼人。

许多人崩溃而不自知。

小阳春

玛歌·芳婷[1]写过一部回忆录，她在书中很真诚地比喻雷里耶夫[2]的出现是一个"印第安夏季"。

---

[1]　玛歌·芳婷：玛戈特·芳婷(Margot Fonteyn)，英国女芭蕾演员。
[2]　雷里耶夫：鲁道夫·雷里耶夫(Rudolf Nureyev)，舞蹈家。

外国人口中的印第安夏季，是在十月，晚秋，天气应该开始冷了，可是往往回光返照，又忽然潮热起来，这便是中国人说的"十月还有一个夏"，也就是所谓十月小阳春。

唉，真正什么都逃不过华人贴切玲珑的形容。

玛歌·芳婷这样子描绘雷里耶夫的出现，意思也就相当明显了，中年的她遇上青年的他，在舞台上迸发出光辉，那也是她生命中秋季的最后一次光与热。

小阳春的异常温度也往往使人不安、讶异、矛盾、茫然，夏衣与心情都已收拾起来，可是天气忽然转热，到底怎么样好呢？如何适从呢？老说本市的天气最难适应，非把人逼成感冒不可，两日间温度可以相差摄氏十度，忽冷忽热，忽燥忽湿，无从预测。

倒不如北国一直冷冷冷，冷他六七个月，或索性如南国：永远不需准备冬衣。

小阳春这回事……太迟的春天，是来好，抑或不来好？抑或迟来好过永远不来？

　　已经足够感慨。

婚 礼 支 出

　　至今还有人为婚礼支出烦恼！

　　衣、食、住、行、税省不了是完全可以理解的，婚礼支出诚属丰俭由人，花得起，尽量铺排，如环境不允许，则可节省，宜随机应变。

　　一套整洁常服，数十元注册登记费，宣誓成为合法夫妻，一样可以幸福地白头偕老。

　　如果负担得起豪华婚礼，大家一起开派对庆祝新人结合，当然开心，最好的食物酒水，最美的婚纱钻饰，为什么不？虽然这一切并不保证感情永恒。

婚礼并无固定支出，亦不须预算，婚后的生活费用、收入则必须平衡，非妥善安排不可。

房租、灯油火蜡、开门七件事、双方零用……最好都摊出来讲一讲，至文明的做法当然是一人一半，女士们若要求地位平等，先从家用开始，如不，则从详计议，日后也无须抱怨得不到尊重。

成年人的想法越来越实际，仍属正常。年轻人移民，只担心彼邦缺少夜生活，成年人则担心找不到好的家庭医生。

结婚只担心婚纱照片拍得漂不漂亮，实在太可爱了，非人生活就快开始，慎之慎之。

不愿借名

波斯湾战争中美指挥官鲍威尔将军之女是个演员，她说她不愿借父亲扬名。

多数有名可借的人，都会这样说："我不愿借我父名，我亦不愿借我母名，我是我自己。"

这样说，已经是最大的借用了吧。

我等小老百姓欲借无门，无名可借，只得努力希望在江湖扬名立万，恶形恶状，在所不计。

不少人厚着面皮，想揩油借名，简直就被名人撵出门来："我同你有什么关系！"

赤手空拳出来打天下，自然有名借名，有伞借伞，胡乱什么，但求挡一挡风雨，还有，烈日当空，直曝晒下来，又何尝不想借碗水喝喝。都属异想天开吧，只有自己一双手最可靠吧。

一生住在大树荫底下，躺藤椅子上摇摇扇子之人才会恼怒地说："我不要借名。"

人借我，我借人，才不亦乐乎，有些人最爱借人之名，却吝啬地不愿借名予人。

名人与名人互相利用，叫作相得益彰，故借用人名之际，最好与那人齐名，无谓高攀。

从无名到有名，苦乐自知。

谣言中伤

"他是个粗人。"

"他最工心计，与他较量，吃不消兜着走。"

"他的文字，至无聊浅薄。"

贬多于褒，也都算是中伤了，不过，人看人，要求标准水平不一样，也许在细致、宽厚、温柔的他眼中，人人都恶毒、粗糙，也还有可能。

当然真正的高手才不会胡乱发表对另一人的意见。

谣言比中伤滑稽得多，像"某人某年某月某日某时在某地与某君大打出手"之类，确确凿凿，有时间有地点有人物，传他三五十遍，不难变成疑幻疑真，还说不是闭门家中坐，祸从天上来？许不只是祸，谣言好比血滴子，至少造谣者有取人首级的意图。

你有没有辟过谣？一定有吧，没有试过辟谣的人是不会坚决拒绝辟谣的，智慧自学习而来，只有努力辟过谣的人，才会忽然醒觉，原来身边的人可分三种：（一）聪明人根本不理谣言及中伤；（二）愚昧人觉得不信谣言是一种损失；（三）漠不关心的人无暇理会是非——既然如此，何必辟谣。

渐渐便随他去。没有江湖地位，大抵也不会被谣言中伤。

管理时间

一位时间管理专家指出浪费时间的主要原因：（一）缺乏计划；（二）不分先后；（三）电话骚扰；（四）不速之客；（五）过分承诺；（六）突发事件；（七）犹疑不决；（八）会议过多。

成年人首先要学会控制时间，生命由时间组成，浪费时间，即系自判死罪。

坚拒无谓的电话与约会，不妨坦白告诉对方，工作实在繁忙，休息不足，不想多说话多见人。非必要不开会，信任合伙人，由他独立应付他负责的范围。

学会婉拒他人，"不，我不能帮阁下这个忙"，自己还没把稿子写好，有何资格主持讲座以及担任评判。

工作计划表上，一定要预留时间处理突发事件，人总会头晕身热吧，不能叫小病耽误正经工夫。犹疑不决是至大浪费，是就是，不就不，勿走中间路线，否则自误。

这是一个绝对分阶级的社会，人与事都分先后轻重，不重要的尽量押后处理，时间有限，不可能一视同仁，亦无必要如此做。

有人喜欢用时间来与众同乐，有人爱把时间全部花在自己身上，只要时间够用，均无所谓。

时间何去

一直问时间何处去了，问得多，不好意思，心中也拟了答案。时间何处去？不管我们怎么用时间，用得可是恰当，每一分每一秒，只能用一次，然后时间大神就把这些时间收回。

大神有一座巨型仓库，分开一间一间房间，分门别类，堆放时间。美景良辰有一间房，推门进去，可听见乐声笑声，满室芬芳，但是面积不太大，可人生能有几许良辰美景？

另外有十分宽敞的地方堆着失眠的时间、失意的时间、流泪的时间、寂寞的时间、彷徨的时间、凄苦的时间、无奈的时间……

打开那些门，会听到哭泣、叹息、怨声，时间大神说："真不明白为什么人类会把宝贵的时间用来做如是用。"

呵，时光如流水，一去不复回，千万不要让时间大神讥笑我们，它去了何处不要紧，最重要的是，掌握时间，好好地用尽它。

将来，我们可以对时间大神说："你欺骗了人类，不过不要紧，虽然我哭过，但我笑得更多。"

要命

平时极之谦逊的人，讲起子女来，也忽然会得风骚入骨："功课？普普通通啦，不算太好，哈，算术才九十多分！"

又有位父亲大惑不解！——"什么，有婴孩比我女儿更可爱？没可能，不相信。"他是认真的，并非讲讲算数。

真要命。

还有，当问起"你儿子有趣吗？"，没有一个母亲会答"马马虎虎过得去"，总是一个劲儿"好玩好玩，有时看着他的小脸会感动落泪"。

不由人想起《红楼梦》里《好了歌》中一节："世人都晓神仙好，只有儿孙忘不了，痴心父母古来多，孝顺儿孙谁见了？"

最最最纯品的女友，谈到幼儿睡眠习惯，都会名正言顺地说："他白天很少睡多过三小时，医生说，聪明小孩不大肯睡觉。"

毫无客观精神。

一定是最聪明、最可爱、最漂亮，最最最最独一无二、举世无双的神童。

使人大惑不解的是，社会上这许多平凡、普通、庸俗的人从何而来？

叁

所以结婚

十

表面上冷淡些，关系反而容易维持。

真假前辈

每一行都有前辈，可惜前辈绝对分真假。

我们这一行里，真前辈道行深、功夫好，闲闲一句话，使小的们受用不尽，每日摊开副刊，第一件事便是拜读前辈专栏，看看有什么高见，以便揣摩学习，笼统地说，文章写得好的，全部是前辈。

假前辈完全不是那回事。

假前辈只会得搭前辈架子，无德无行，欠学养涵养，一个劲儿专爱教训后辈小辈。

很多时候假前辈眼中的小辈其实名气已比他高，稿酬版税已获丰收，不知首尾的假前辈犹自诲人不倦："小说应当这样写，杂文却该如此写，你们完全不懂……"

在某一行待得久，或是年纪大，并不会自动升为前辈，现今世道艰难，连公务员也不能凭年资升官了。

真前辈的文字或清淡天和，或幽默可爱，或道理分明，真叫晚辈佩服，读毕忍不住在文中引用，并且活学活用，索性应用在生活上，得益匪浅。

真假前辈，读者一看就看出来，每天专栏示众，一目了然。

忍辱偷生

不一定在铁蹄下才需忍辱偷生，世上至委屈的人大抵是中年职业已婚妇女。

见到父母公婆，是是是，是是是；与老板上司同事，又系是是是；为求与家务助理、保姆等和睦共处，当然也得是是是。配偶以及孩子？有精力本可说不，可惜已经精疲力竭，索性也是是是，省事省力。

日久渐渐失去血性，抬起头来，一片茫然，只会说是是是，完全迷失自我。

忍辱偷生，总之只求三餐温饱，以及一夜睡足七小时，还有，诸式人等不要故意刁难，已经心满意足。

友人诉苦说家里长辈怪她没有做主妇的威严，对女佣一如对祖先，长辈不明白的是，牵一发动全身，工人一走，太太便不能上班，非同小可。

为免引起灾劫，当然既不敢怒，复不敢言。在这种关头，有没有大学文凭，抑或年薪是否七位数字，无关紧要，总之不是威风的时候。

累得抬不起头来，难怪又开始羡慕独身生活：睡至中午起身，四周围看看，无新闻，再去睡，黄昏醒来与衰友一起喝几杯。

唉，不必作恭打揖，挽回些许尊严。

表达

小友甲驾车遇事故，向交通警察细述过程，发觉警察"未能把事件妥善地用文字表达出来"，气甚。

要求太高了，许多专栏都做不到这一点，这也是众编辑对作者的寄望。

清晰地表达出意思不是件容易的事，某君在报上歪七缠八直诉衷情，读者一头雾水，其实他不外乎想说"我恨他"。

有时候，爱一个人同样口难开，造成许多误会。

一日写了张便条给小友乙，他赞曰："我完全明白你想说些什么。"幸亏如此，不然饭碗不保。写得深奥的文字，往往具弦外之音，它要说的，时时同字面略有差距，这样曲折的作风，现在似乎已经不大流行。

曾经一度，最擅长写要求加稿酬便条，一开始便这样说：日月如梭，光阴似箭，一年一度调整稿酬的时间又到了……

简单扼要，不必长篇大论解释及诉苦，说出阁下要求便可，切忌与别人比较，这世界并无公理，人比人比死人，各有前因莫羡人。

世风日下，世道艰难，全是借口，最婉转的"妈妈不让我"其实是她不喜欢你。

社会超龄

出来做事的人，最常闻的感慨是"少年子弟江湖老"。

还是老的好。

一年比一年成熟，一年比一年踏实，随着年纪渐长，做出成绩来，老就老好了，世上没有不老山人。

不老才可怕，若干人是永远性文艺青年，所作所为，同二十五年前一成不变，外形纵使憔悴、干瘪、衰老，心境却恒久青春，天真无邪，不负责任，不背黑锅，难为了家人。

同样的论调当中隔了四分之一世纪，徒弟的徒弟的徒弟都已扬名立万，他们依然故我，念同样的台词，唱同一首歌。

独独伊们有留住时间的本领，偏要做社会上的超龄生。

都会自由而富庶，并没有规定什么人在什么年纪一定要做什么事，但有许多职位，明明应该由二十五岁的年轻人学习担纲出任，年届半百者似乎应该另觅高就。

眼见同年龄的人都升上去了，心情可会尴尬，是否仍应赖在同一阶段圈子里混，力道精神不知道追不追得上。

十年后不知还会不会见他在同一个地方同一种场合里亮相？感觉不好过。

压力

据报告，本市工作压力至大的职业女性是看护与空中侍应生。

压力加重，人就容易疲劳，生病，精神经常处于焦虑状态。

报告又指出女秘书工作最好，没有压力。

银行职员与百货公司售货员都繁忙吃力。

压力异常的时候，疲劳、头痛、皮肤粗糙是常见现象，女性且喜欢哭泣。

报告却忘了提及全职家务主妇的压力。

主妇至大的压力，来自没有人认为她会有压力，这是一份二十四小时全天候、无假期、无晋升机会、无福利甚至无薪酬的苦工。

怎么会没压力？难怪越来越少女性愿意留在家里，眼见另一半在早上一声再见珍重便出门去，丢下整屋杂务不顾，不如她也逃避现实，索性把一整家扔下给菲律宾工人。

有两个孩子的四口之家光是在回南天洗衣、干衣已经足够把一个正常温柔的主妇逼疯。

护士与空姐当然辛苦，但全职主妇应该获紫心勋章，她们对家庭无穷无尽、英勇伟大的奉献值得褒奖赞扬。

噩梦

做过许许多多噩梦，最可怕是这个。

梦见躺在医院内，身上插满管子，已经成为植物人，家人围在身边，叹曰："也不过是把她赚来的钱，用回在她身上罢了。"

最惨的还不是在此，最悲哀的是一边做梦一边苦苦恳求："把管子拔掉吧，不要浪费了。"

不用弗洛伊德解梦也知道生活压力是何等惊人，吾等是多么缺乏安全感。

做这样的噩梦，皆因一位友人自北美小镇返来想重新投入都会生活："在彼邦，感觉如植物人，维生系统靠大量节蓄支持。"

小老百姓移民生活苦乐可见一斑。

要港人从完全的动态中静下来，容易心理变态，时间空间一多，难免胡思乱想！我是谁，我从何处来，又要往哪里去……

日有所思，夜有所梦。

从前的掉落悬崖梦、大量脱头发梦、考试梦、落牙齿梦，都不及移民梦可怕。

没想到梦境也紧随时代节拍，丝毫不落后，处处反映现实。

不 要！

友人夫妇商量移民后由谁负责清洁，又谁做一家之煮……千万不要!

不要降低生活水准，应用全副精神应付并克服陌生环境，在港惯用家务助理，夫妻俩专工冲锋陷阵者，实不宜无端端钻进彼邦厨房。

家务不知有多烦琐、多磨灭人的志气、多可怕，除非贤伉俪在香港就习惯亲力亲为把公寓收拾得一尘不染，即使如此，也请记得外国住宅面积动辄四五千呎，非同小可。

各人观点不同，有些女性认为配偶肯走入厨房表示双性平等，可是也有女人认为堂堂男子汉成日价在厨房钻进钻出芝麻绿豆活似小老太太是惨剧。

处理得不妥当，谁做家务，会造成婚姻危机。

移民后最忌有一方对家务丝毫不感兴趣，引起龃龉，更悲的是有一方对家务太过分努力，成为逃避现实的借口，天天做完又做。

好端端的专业人士，一旦移民，竟然变成家务全能，连水龙头都会得修理，还亲自动手换地毯呢，把本来面目忘个一干二净，毫不足惜的样子。

移民，虽是大事中的大事，也要维持一定尊严吧，有若干很坏的例子，使人一看就知道在那边挨死还未到九七，牺牲得太无辜了。

看书

没有书，真不晓得怎么办。

要不从前人处获得宝贵经验，要不便从书本，前人未必是专家，著书立论者却肯定是专业人士，于是育婴、养宠物、烹饪、园艺、收集古董……知识，通通可以学自书本。

前人教起后辈来，永远老三老四，看书没这个缺点，怎么样投资，怎么样修理无线电，怎么样申请入英籍，都可以自书本寻找答案。

一套大英百科全书翻得烂掉。

从来不觉得看书闷。

一有时间就翻这个翻那个，一位友人说得好，电话簿也值得读，不知发现多少同名同姓的人。

其中又以小说最好看，全凭想象力发挥，好小说真令读者快乐，功德无量。

有道理的杂文思路分明，篇篇教读者做人，小小书价，得益匪浅。

所有知识大部分均自书本杂志报章学来，此外，就是电视机这位良朋知己。

不让孩子们看闲书？不让孩子们看电视？不让他们发育？

所以结婚

为什么结婚？

所有的宴会，势必有曲终人散的时候，热闹之后，对比下，气氛更加冷清，渴望有个终身伴侣，与他分享生活中的乐事，分担压力，所以结婚了。

想象中确是好事，随时随地有人可以商商量量，周末不必慌张地四处乱约猪朋狗友，他真心为她好，她也一心一意为他，组织起小家庭来，日后环境允许，还可以养一两个小宝宝。

不知怎的，这样简单的理想，竟是这样难以实践。

成功的婚姻，绝无仅有，想来想去，毛病可能是出在太过亲密。

因恋爱结婚，老觉得两为一体，不分彼此，你的即是我的，我的即是你的，许多毛病就是出在这里，日久发觉账目无法平衡，故而生怨。

财政最好各归各，感情也是保留一点的好，千万不要燃烧殆尽，谁也没有欠谁，谁也不要为谁牺牲。

文明的婚姻关系往往比较耐久，双方照样分享欢乐，分担忧虑，有商有量。

表面上冷淡些，关系反而容易维持。

约会

约会约会，约了一定要会。

但是定下约会之时，可能风和日丽，精神爽利，可惜到了那一日，保不定头昏脑涨，偏偏又遇着倾盆大雨，根本不想上街。

怎么办？

当然只得取消约会，次数多了，不好意思，是以约会越来越少。

有一两次舍命陪了君子，体力不支，立刻倒下，起码十天八天不能好好应付日常工作，弄得怨气冲天，得不偿失，发誓下不为例。

不如即兴，随时随地，心情好，有时间，立即电约朋友，出来吃喝玩乐，约得到，意外之喜，约不到，也无所谓，既轻松，又没有压力。

至怕大帅约见卖唱女式约会：一定要你出来！非见面不可！挽了各式有头有脸的长辈来搜你魂魄，然后得意扬扬，表示有办法——"看，吃茶多开心，记得要常常出来，别老推说没空。"

胃口倒足。

有云都会人情淡薄，爱极这点，爱躲起来的人绝不会受到骚扰，不亦乐乎。

客气

都会一日比一日进步，风气一日比一日老练，从前，人们动辄说："我为什么要对你客气？"今日，流行的是，"我为什么要对你不客气？"

何必为不相干的人生气动气？谈不来，不要谈，不过是嗨嗬嗨嗬今日天气呵呵呵，水过鸭背，了无痕迹。

人家对我们客气，绝对不能理所当然，认作福气，那要不是前辈高人涵养修养到了家的表现，要不便是江湖客人皮面具戴得贴切，一时不辨真伪。

小的们，听了客气话，千万不要飘飘欲仙，自以为是地就上去了。

今时今日，流行客套，所以你我他都是大明星，使君与操均是大作家，谁是谁非，真要靠浴室那只私家秤才能秤出真个两。

待人客气，不费吹灰之力，既讨好，又受用，是最佳礼物，所以聪明的中国人有"久闻大名，如雷贯耳"这种高帽子，一见面就送上去。

又有谁会相信自家的名字真如旱地上起的霹雳。

许久许久都没有碰上不客气的人。

因而觉得此类笨人有真性情，确系难得，不惜工本地得罪人。

笨！

笨，真笨，笨得要死，笨得伤心！

谁笨？骂谁笨？当然是骂自己，人家笨，关我们什么事。

最好一辈子都不要发觉自己笨，最开心一世人认为人不如己，即使成绩有所差距，皆因他人懂得投机取巧，额角头高，彩数好。

心静下来，一想到自身种种笨拙，真正痛不欲生，只得拼命努力改过。

人人均有缺点，改不过来，唯一聪明的做法，便是承认自己笨，从此不再犯同一毛病。是，我错了，下次可能再错，但希望不是同一过错。

有时候，不相信自己会比人聪明，已经是大跃进，同一个陷阱，许多人掉下去，重蹈覆辙，就是因为不信邪，认为前人失足是笨的缘故，而他也一定英明神武，避得过机关。

不会拍马屁，噤声好了，不懂交际应酬，别到处嚷嚷，什么事都没有。

不知为不知，笨就是笨，了解自己的短处，也是聪明的一种。

不是办法

前辈说他有一个时期自命多才多艺，曾刻了个闲章"十八般武艺件件稀松"，其辞若有憾而心深喜之，他从过政，写作、书法、音乐、影剧无所不涉及，甚至京戏都唱得不坏。

但后来忽然明白这不是办法，才专注导演，而电影导演的确成为他的事业。

谁不想十八般武艺件件皆精，多姿多彩，多才多艺，张口能说中、英、德、法、俄五国语言，左手持剑桥大学法律系文凭，右手拿哈佛大学管理科硕士学位，精通梵哑铃[1]，会得写畅销书，兼夹在闲时研究天文、地理、食经、室内装修，以及高山蝴蝶、海洋生物……

---

[1] 梵哑铃：Violin，小提琴。

你有多少时间?

与其搞到十八般武艺,果真件件稀松,不如专注地做好一件事。

做生意千万不要蚀本,写专栏切记幸勿拖稿,做经理当心饭碗莫要吃炒花枝,主妇使家人舒服适意,已经功德无量,丰功伟绩。

贪多嚼不烂,结果每一行的状元都另有其人,自诩多才多艺,不过是浪费时间。

真不是办法。

通 胀

泰坦尼克号撞冰山遇险是惨剧,邮轮沉没后只有少数生还者,还以妇孺占多数。

据说船员把住救生艇高叫："女人与孩子，女人与孩子。"有懦夫假扮女装企图混进救生艇逃命。

通货膨胀也似泰坦尼克号。

太平盛世，男人神气活现做其一家之主，妻子都是他的附属品，物价飞涨、民不聊生之际，家主那份收入日益卑微，缩完又缩，怎样盘算还是不够用，假使不想没顶，就得放妻室出去做事，一人一份，才能收支平衡。

太太那笔额外收入便是救生艇，往往带着孩子一起坐上去，这时，就看有没有懦夫冒充妇孺了。

从前，大家对弱者的定义是"他不养家"，现在已沦落到"他连自己也不养"。

行走江湖那么久，还没见过不能养活自己的女性，都有一份工作，都刻苦耐劳，都肯做肯捱，与生活搏斗，长期咬紧牙关过日子。

时间、精力、收入，先拿出来给家人公用，毫不吝啬，最后才轮到自己，身兼数职，灵活地随机应变，挽救家庭经济危机。

代价

一本由年轻人办给年轻人看的杂志在一季内销数攀至全港第一，请来看编者付出的代价。

"我们在同一时间内做十五种不同的工作，几乎全天候全能，午饭时间用来开会，一边吃着难以形容的盒饭。"

"晚饭也差不多，吃了算数，直至夜深，一般是凌晨三四时才能休息，第二天又重复上一天的工作模式！"

"早上九点一定爬下床，十时左右回到公司，途中购买一杯热奶茶及吐司充饥。"

成功是成功，可惜仍在人赚钱，而不是钱赚钱阶段，故此忙得不可开交。

幸亏年轻,夜以继日,有无穷无尽精力,不怕倒下来。

有两件事永远令人惋惜:一、少年人四肢不勤;二、老中年拼死命唱做。是以劝君惜取少年时,打好基础,过些日子,光是签名已有收入。

曾在黄昏时分见过年轻编辑两次,边说来意边取起台上水果充饥,再喝半瓶矿泉水当作晚餐,穿什么?运动衣,已不计较生活细节。

一向尊崇劳动阶级,绝不相信不流汗有收获,练好功夫,才有机会走运。

水落石出

一位妈妈笑着说:"翻回女儿幼时照片,哗,丑得似只小老鼠,幸亏当时我们坚决相信她漂亮得了不得,否则日子怎么过！"

人类就是有这个本事。幸亏如此，不然怎么一年又一年熬下去。

尤其是恋爱中男女，坚信伊们是一对璧人，佳人才子，双剑合璧，其实在旁人眼内，不过是凡夫俗子，风月情浓。

总要待这段空前绝后的感情终结，当事人才会心惊肉跳地承认，挺丑陋的，怎么可能！

但是当初无论如何都没发觉。

还有工作也一样，千辛万苦斗智斗力，升了上去，等到离职，回头一望，才会讶异地说："怎么会在那种小地方为那么卑微的酬劳，混在蛇虫鼠蚁中浪费了那么多时间！"

非要到事情完全过去，才能看得透真相，水落石出。

当局者迷，一头栽在小天地里，深信那才是最好的，不顾一切地护短，将我是人非发挥得淋漓尽致。

事后终于除下有色眼镜，承认当年当日确有夸张之处。

我们其实都不算美，是我们的痴情累了眼光。

神仙眷属

友人认识一对神仙眷属，那位先生八十二岁，太太七十九岁，身体健康，子女均已长大，两老生活舒泰，仍然相敬如宾。

我们年轻的时候，都羡慕白了头的老年夫妇手拉手散步、聊天，他们在世上的责任已经完成，安享晚年，心中已经无怨无欲，又有老伴，不愁寂寞，如果身子无恙，实是人生最好阶段。

白头偕老越来越难，许多夫妻已届中年还是要分开，也有人根本没想过白头时会与谁在一起，也有夫妻到了钻婚纪念其实并无好好与对方交流过。

感情欠佳，活到八十岁大眼对小眼也没有意思，夫妻间互相尊重甚为不易。

现在比较有生活经验了，了解到任何一对神仙眷属，大抵不会是天生的，恐怕双方都要牺牲自我，付出无限忍耐，靠后天努力而来。

即使开头似董永与七仙女，后来也得肩并肩与生活作战，熬过多少风霜。

任何人际关系都需要迁就，过了半个世纪，炉火纯青，驾轻就熟，在旁人眼中看来，也不折不扣就是神仙眷属。

可 怕

一个国家落后不可怕，罗马不是一天建成的，大可以天天进步，终有一天达到目的。

可怕的是落后而不自知，还扬扬自得。

人也是这样，不懂的可以学，四年大学晃眼毕业，老土也可学时髦，什么衣服配啥子皮鞋实在轻而易举。

上至一个政权，下至一个小老太太，最惨的是毫无自知之明，从不做自我检讨，所有过、错、失、误，均属他人，与己无关。

一败涂地，仍然不思己过，总是自己命苦，总是别人不良。

"是我错"这三个字打死也说不出口，也从未在脑海中闪过，既无错，也无从改，数十年如一日，依然故我，蹉跎岁月。

外头世界一日千里，飞跃猛进，闭关自守，自以为是，说什么都行不通。

自惭形秽实是得救的第一步，看见别人的优点会低下头来的智慧不是人人有的。

香港及港人是一个奇迹，因为知道拙，所以将勤补之。

多心

你是不是一个多心的人?

"闻弦歌而知雅意"便是指这类敏感的多心人。

过分敏感的人，还没有听见弦歌只见拍子，已经怀疑自身不受欢迎，顿时面红耳赤，站起身来，自动消失。

多心人从不据理力争，什么叫理? 人多势众便是理，人强马壮亦是理，形势比人强之际，无理可说，争也无用。

多心人特别容易知难而退，一见脸色略为冷淡，马上放弃，绝不做吃力不讨好的事。

多心的人，密密筑起围墙，保护自身，又爱躲进小楼，不问季节，皆因街外人面太多变化，消化不了。

多心的人吃过一次亏，永志不忘，不一定是记仇，只是不想同一件事错两次。

多心人总怀疑人家话底下还有话，还有，自己不知道有没有说错了话，渐渐不再多说话。

多心人分两种，一种天生，另一种本来天真活泼，受后天环境培养，吃的亏多，自然学乖。

多心人不难相处，他根本无意同任何人相处，永远客气。

应 酬

这种场面最常见：半夜三更，丈夫自外回来，边解领带边疲倦地对妻子说："唉，推不掉的应酬。"

年来渐渐已无人相信此类陈腔滥调。

一个人出外应酬，唯一原因，乃是他喜欢应酬，最讽刺的是，每一个行业里至德高望重、成绩超卓的仁兄仁姐，通常都不会把应酬放第一位，俗云："一心不能二用。"客户相信明白，一个人的时间用在何处，是看得见的。

只有不夜的天，没有不贰的臣，哪儿有推不掉的应酬？要去，天天跑三四档都有的去；不去，坐家里清清静静，一样生活无忧。相信我，从来没有一个老总，割掉一个作者的稿，是因为他忘记送礼请客。

所谓应酬，均是不愿回家的借口，故此随传随到，蹭派对中，一杯接一杯，直至酩酊，开头是逢请必到，后来是不请自来。

至于一个人的家，为什么会变得那么可怕，以至视归如死，乃是社会问题，不在讨论范围。

有所不知？非泡到天亮接不到生意？这种生意做来做

甚，推掉算数，赚到的还不够医腰酸背痛。

比 下 有 余

　　每当小朋友叫惨，惯技是问他："您的大学费用由谁支付？"如果答案是父母，睬也不要睬他，他那所谓惨，只不过是出入尚欠一部法拉利、保时捷之类。

　　又每当女子呼惨，又爱问她："您现住的公寓由谁供款？"如果答案是良人，呵，那也不要理她，她那所谓惨，只不过是嫌配偶在找生活之余忘记多多体贴温柔之烦。

　　世上真正惨的人是很多的，真正咬紧牙关靠一双手奋斗出身的人也多至不胜枚数，那种感觉如赤足徒步过撒哈拉，或是游泳渡大西洋，死了就死了，一条贱命，毫不足惜，不幸活下来，倒是可以听到四周别致的冷嘲热讽。

或多或少有至亲支持，不算委屈了，世事古难全，不要同别人比，真要比的话，请比下有余。

有友人抱怨母亲不了解她，但，"请问你们是相爱的吧？"伊只不过嫌伊母亲不是宋庆龄。

遍尝失败、挣扎、苦难、寂寥滋味的人只要得到一点点，大多已心平气和，不再抱怨，惯于付出，不问报酬。

动辄发牢骚，大半已经纵坏，只希望得到更多更好。

晒太阳

聪明的同文如此写："这两年某君已摆出一副上岸晒

太阳的姿势，怎么还会追求新刺激？”

形容得真好："上岸晒太阳。"

好不容易游过鲨鱼海，上了岸，躺藤椅上，晒日光，还有什么条件能把此人引诱到再度下海，浸湿足趾？不可能。

知足常乐，世上那赚不完的钱，就让小弟弟们及小妹妹们去赚吧。

最难同上了岸的人讲条件，他们已经看开，不在乎酬劳上有三五十个巴仙[1]的距离，满足是心态上一种自得，与银码数字没有多大的关系，既然已经通行闻名，亦不计较是否可以更上层楼。

有空不如晒晒太阳，享受一下大自然风光，这些，都是在搏杀阶段无暇兼顾的奢侈。

---

[1]　巴仙：东南亚一带的华人用语，普通话称为"百分之"或者"％"，由英语的"percent"音译而来。

派 对

约两三好友，痛痛快快倾诉微时苦难，兴之所至，不妨感慨万千，至于新计划、新尝试、新挑战，通通找借口打回票，说得客气点是"不能参与这项盛举，真是痛心疾首"，其实非不能也，乃不为也。

另请高手卖命吧。

热衷于派对的同文写："不知从什么时候开始，对一切派对、舞会、开幕礼之类，均觉闷得睡着。"

真的，与其在人多的地方睡，不如回家在卧室好好拥被大眠。

始自几时？约在二十五岁之后。

多数人在成熟之后，对浮面的人际关系已不感兴趣，向往追求深切长远的感情，在派对中只会越坐越寂寞，越来越无聊。

在那种地方坐下去，付出的时间、精力、心血也不见得少，有人认为值得，有人认为浪费，于是各走各路，各适其适，是以在派对中见到的，永远是那几张面孔。

当然也有新面孔加入，有些还是中年之前从不交际的怪人，也许忽然觉得家庭生活令他窒息，故此出外透透气。

他会认为人际关系越虚伪越好，聚完便散，了无牵挂，只要热闹过，不枉此行。

所以派对永远开得成，城内夜夜笙歌，不成问题。

主人客人，尽欢而散。

位 置

专栏排在副刊页什么位置，一贯是编辑部的权力，作者不宜干涉，亦无必要这样做。

位置不重要，内容才是一切。

排在最低一格，读者要找，也会找得到，一页报纸能有多大，无所谓心脏地带，边陲地带。

稿费大可争取，位置则任由摆布，多年来一向追随该原则，不信？任何一位老总都可以证明此言属实。

编辑首苦，在编排七巧板似的副刊版位，几十个作者若争起来，不知如何摆得平；二苦在追稿，正是"为谁辛苦为谁忙"，皇帝不急太监急。

排名先后，江湖自有公论，作者本人心中也大约有数，只能做到这样，这一篇、下一篇，写得再少、写得再慢、增删修订十载，也不会是另一部《鹿鼎记》，不如顺其自然。

这一份工作，同其他所有工作一样，表面成绩若想高出一分，背后恐怕要多用一百分力，绝非央老编把专栏位置搬一搬可以解决问题。

每次改版，都同样好奇：噫，原来它到这一版来了。

无论在哪一角，还不是照样写。

笔名

实不相瞒，任公职之时，有个时期曾用大量笔名撰稿，一个先生一个令，皆因有位上司说"要升职就不要兼职"没法度，只得每篇小说换一个笔名。

讲起来好笑，在此期间，告密者无数，通通跑到上级处，用红笔圈住副刊上专栏，扬言"这便是他，这也是他，还有，电视台某某编剧也是他"，除了金庸，所有副刊作者，都受嫌疑。

一直扰攘到正式申请到兼职权。

用什么名字无妨，不让我写，那不行，一则生活费用成了问题，二则这是唯一真正有兴趣的工作，一日不写，惶惶然不可终日，或多或少，写上一两页纸，才能安心。

扬不扬名，立不立万，当然重要，最要紧的却是有的写，写写写乱写，你管我用啥子名字，总之非写不可。

情况与自动用笔名不同，所以文责照负，并无推卸责任，友人曾笑说："无论用什么笔名，一定认得出来。"

更好笑的是在恢复本名写作时曾趁机捣乱，要求增加稿酬，被老总骂："用笔名时没扣过稿费，此刻焉有理由加？"

〝梁祝〞

20 世纪 90 年代了，演起折子戏来，所选戏码，居然还是"梁祝"的《十八相送》。

妇孺仍然喜爱这个故事?

大概已经忘了吧,此刻女观众最喜看的题材恐怕是普通白领女子一朝邂逅白色武士,被搭救出苦海,扬眉吐气,傲视同侪的奇遇记。

都太怕吃苦了,老听见少女抱怨说"阳光这么美,我干吗要蹭办公室受气",都巴不得跑出去参与不劳而获之锦衣美食及风头。

"梁祝"?

真挚感情不是不再感动女子的心,但最好不要叫我们付出过高代价,千万不要搞得形容憔悴,赔上潇洒的姿态以及个人自尊,甚至健康性命。

我们还有其他角色需要扮演,第二天总得爬起床来工作,应付老板及伙计,信箱里塞满各路账单,又不甘心叫敌人胜出……已无暇专注地玩爱情游戏,当然亦不会考虑魂归离恨天。

如何改良生活质量最最重要,至怕纠缠燃烧的人际关

系，伤心兼伤身，连婚都不肯结，还"梁祝"呢，真是
神话。

何处去？

一生人最常问的问题："时间哪里去了？"

不是调皮、无意识、无所谓、闲闲地问，而是每次都
汗流浃背、痛苦、迷惘地问："时间何处去？"

午夜在医院病房惊醒，只见小床、小房，昏暗一盏小
灯，又误为学校宿舍，不要紧，还年轻，一切可以从头再
来，一阵剧痛，才发觉是伤口未愈，急召看护。

呻吟，痛？不，时间哪里去了？当中那十多年溜到何
处去了？为何背脊已经佝偻，口角已经沧桑？时间大神最
终骗了我们。

　　会不会目前一切都是幻景，总会得醒来，弟弟在一旁道："今日考英文，还不起身，当心迟到？"

　　然而都说，让我们依样葫芦再生活一次，有多少人肯干？过去的只随他过去。

　　忽然希望有亲友日日围在身边，说说笑笑，吵吵闹闹，忙得不可开交，天天这样过，以免触景伤情，伤春悲秋。

　　或是找一份十二小时不断操作的劣差，没头苍蝇似的乱闯，筋疲力尽，挑战时间大神。

　　届时也许会放弃再问这个愚蠢的问题。

小飞侠

　　从事文艺工作的人，多多少少都有点小飞侠性格。

相传彼得·潘是不老山人，永远年轻，没有年岁，在适当时候轻盈地飞出来，带领孩子们，特别是爱幻想的少女，前往无人之地探险。

做生意的人总老气横秋点，教书先生更加容易佝偻背脊，不住创作却会使人充满生气，朝气勃勃，每次完成一件作品，不管是一本书、一幅画，或是一部电影、一个设计，都有充分满足感，是这种动力使文艺工作者气质有异常人。

他们的兴趣也不依常规发展，可能尚为暴君恐龙的生命史着迷，又还爱收集米奇老鼠手表，听到一首古老情歌，忍不住泪流满面。

坐办公厅坐老了的人岂能有此闲情逸致，压抑使人苍老，信焉。

衣着也自由散漫，大衬衫，懒佬鞋，随心所欲，不受束缚，闹情绪时又可躲起来失踪一个时期，才不耐烦强颜欢笑，这，都是做小飞侠首要条件。

世人爱才，对文艺工作者的怪脾气也多加以容忍，任性是非常痛快开心的一件事，如此得天独厚，南面王不易矣。

求神问卦

世上大抵没有一个都会像香港这样先进又这样迷信。

先进得令人讶异，又迷信得实在奇怪，动工之前一定举行祭祀仪式，据说已证明能生凝聚力，使工程顺利，门口挂一只八卦，企图克住对家宅的不利因素。

求异人指点迷津，不管是婚姻、事业、移民……都希望获得神明的指示。

人心如不惶然，哪儿会有这种现象？

已尽人事，仍然忐忑不安，辗转反侧，只得向超自然因素求助，过分些甚至到东南亚落后地区去请教法师、拜偶像、还神。

风水之说又大为流行，从电影公司及电视台开镜，到搬张写字台或眠床，都最好叫专人看过方向，研究过罗盘。

末世的风景，对前途的无奈，表露无遗。

聪明的港人面对命运的安排，只觉恻然，一些变本加厉地寻欢作乐，另一些意志消沉，茶饭不思，都不太愿意说起明天的事。

一位信基督的友人惯于在慌乱时念主祷文："愿你的国降临，愿你的旨意行在地上，如同行在天上。"一直自启德机场念到温哥华。

天天写

非得每天写不可，休息了十来二十天，摊开稿纸，一看，觉得在那么小的格子里逐个填中文字是不可能的事，试写两行，全部出格，要额外留神，才控制得住一支笔。

又执笔忘字，几乎连上大人孔乙己都不会写了，才做一页纸，便腰酸背痛，呵欠连连，东歪西倒，只想往床上躺下。

天天写便没这个毛病，硬是像受军训，咬紧牙关，日日操练，也就做了驯民，习惯成自然。

是以极少放假，过农历年只应景休息初一，想象中一放下笔就不想再提起，一懒下来，就不肯再努力。

少写一点，每日一段杂文、一段小说，也许更加交不出稿，星期一推到星期五，晃眼间便拖了稿。

一口气完稿，隔半年再动笔？可能还要糟糕，生了锈了，脑筋旋不开来。

这一段杂文，是放弃了一周两次游泳时间换来的，任何事都要付出代价，信焉。

年来颇坚持只在私人书桌前写作，拒在咖啡室、飞机座、酒店……做表演。

但绝对天天写。

进 化

小朋友说到他少年时是完美主义者，进入青年时期，渐渐妥协，不再挑剔。

不禁莞尔。

谁在年轻时不疙瘩麻烦过呢，简直同自己过不去，稿纸一点点皱，便大发雷霆，弃之不用。如今？只要是一张纸，便照写不误。

衫衬配鞋，袜配裤，手袋与眼珠子搭配，脸皮与大衣一套；无事忙，芝麻绿豆，都乌搞一番，真正好笑。今天，只要是干净衣服，即能蔽体，化繁为简，不亦乐乎。

这叫作进化。

对己，对人，均无要求，小姐，你是白雪公主吗？如否，则无谓要求白马王子出现。

大家背脊背着大窟窿，人人百孔千疮，保证白头偕老，其乐无穷。

双眼退化，渐渐视线模糊，记忆力也差劲，水过鸭背，无恨无痕……是吗？有这样的事吗？不记得了，明天又是另外崭新的一天，自墙纸剥落到某君脸色难看，通通视若无睹。

不能应付的事不去应付，自然不会应付不了。

听不懂

有人劝朋友："谈话时不要讲大家听不懂的题材，说话要挑随俗的话题。"

笑死人。

是有这样的人的，语不惊人死不休，高深莫测，手挑大题目来做闲谈题材，听众累得要死，闷得作呕。

最害怕的一个问题是："你会不会写比较严肃的小说？"已经有个绰号叫"孙叔敖"，因为一天到晚板着面孔教训小姐姐小哥哥，再严肃下去，迟早被踢出局，到时不知往何处开饭。

另外一个问题是："你快乐吗？"救命，谁过了二十一岁还能够在六小时以内演绎快乐的本义，忙着生活还来不及，还去钻研这样虚无缥缈的理想？

成年人已知道见了面，即使是二十年深交，也只不过说"置了新装没有""什么时候移民""今天天气真正异常"……

其实古人已经在一句诗内把这种心态形容得淋漓尽致，那便是"却道天凉好个秋"。

人人都有抱负、憧憬、理想、宏愿，既不能实践，天天挂嘴边，不如退一步实事求是。

苦工

凡文明国家均十分严格执行劳工法例，每日工作八小时，超时补薪，两倍三倍那样加上去，许多工人还不稀罕呢，情愿休假，不干。

医院里护理人员，或是新闻处值日员工，在逼不得已情况下连做一日一夜，之后可获连续两日两夜休假，以示公允。

只有电影界红人，夜以继日赶戏，才不眠不休，可是他们赚的，又是什么样的酬劳。最最黑暗的劳工，恐怕是抚育幼婴，哗，惨无人道，二十四小时车轮战，疲劳轰炸，比 20 世纪初北美铁路华工或唐人街黑市厂工人还辛苦，一个月下来就有精神崩溃之虞。

有经验人士只得每隔数日便逼不得已请私家看护来做一次替工，许多人恐怕要失望了，金钱有时还真的可以买到睡眠。

最艳羡动辄长年累月可以每天只睡三小时为工作奋斗，接受挑战，永恒如生活在战壕中的强人，拜服拜服，五体投地。

弱者心灵虽然愿意，皮囊不听指挥，一下子就昏死在床角了。

肆

茶就凉

十

过去的人，过去的事，放在心底，午夜梦回，取出回味，白天宜努力将来。

老妇

街上有老妇踽踽而行，一脸一手寿斑，皮肤打褶，佝偻，拄拐杖。

最终要变成那个样子的吧，生老病死，若干年前，她亦是一团粉似的白胖幼婴，搂在母亲怀中，宝贝宝贝，然后会笑了，会走了，扎两条小辫子，满屋跑，不小心摔倒，哭。

生命如录影机按钮中项目快速搜画，嗖嗖嗖，长大了，读书、做事、恋爱、结婚、生子，一下子到了中年，钝了，白了头，健康大不如前。

老了，行动不便，不中用，趁天气还算暖和，拄拐杖下楼散步，许是明天、明年，终会尘归于尘，土归于土。

这便是人类的命运。

老妇心中想些什么，可有回忆到一朝年轻时一个美丽五月之晨，抑或为一枝花憔悴，为一个人失慧，相信她的心灵仍然空灵。

她有无想起母亲、母亲的母亲、母亲的母亲的母亲，她有无想到孩子、孩子的孩子、孩子的孩子的孩子？

瘦小背影消失在角落，或许伊忽然听见妈妈叫她："宝宝不哭，宝宝到这边来。"

儿童不宜

著名时装设计家说："朋友来我家玩，我总是叫他们别带小孩。"

他的公寓布置得美轮美奂，每个细节都不会忽略，连竹帘卷起或垂下（"满院落花帘不卷"），均经过一番心思，因此儿童不宜。

坦白地说，艺术家的世界的确不宜有孩童存在，孩子，特别是婴儿，最能把人打入凡夫俗子类，再超尘脱俗不食人间烟火的才子才女，面对需索无穷、任性嘈吵的孩子们，也会心烦意乱毛躁起来。

优雅的陈设、考究的家具，只适合独身贵族，水晶、象牙、雪白的沙发、大蓬鲜花、丝质床单、瓷缸瓷瓶……一有小孩，肯定全部报销。

他的毛毛与塑胶玩具无处不在，他的小外套小鞋子扔满地，他多手多脚，随时哭泣，破坏全屋气氛，孩子是世俗的，尽管那挂着亮晶大泪珠的小面孔似安琪儿。

谁见过穿开司米外套的全职保姆，一口奶吐在肩膀上，名贵衣着立刻完蛋。

孩子们是美的化身，亦是美的死敌，唯美主义者对他们又爱又恨。

大力士

如果有三个愿望，第一个一定是"请赋予参森的力气"，想做大力士。

性不喜假手他人，因为叫别人做事，首先要花唇舌担任指导，干独立工作即写作已久，至怕（一）别人教我，（二）我教别人，再说，生性疙瘩，他人功夫，不一定合乎心意，最好自己来。

没有力气没办法，徒呼荷荷，心有余力不足之际，唉声叹气。最好可以打扫买菜煮饭洗熨一脚踢，家庭搞得一尘不染，服服帖帖，然后一日再写一万字小说杂文，然后再亲手带一对孪生儿，然后还打扮得漂漂亮亮，亮相各公众场所出其风头，然后再打二十四圈麻将，然后读遍好小说……

做得动是至大乐趣：亲手剥半斤虾仁炒韭黄蛋吃，其味无穷，亲手织一件毛衣，赠予亲友，亲手理财，看哪只股票上落，不亲力亲为，没有味道。

体力低，动辄疲倦，当然是致命伤，一日同某老总说："昨夜做梦在拖地板。"非常惆怅，老总啼笑皆非，"你喜欢做此类工作？"

人各有志。

愚 的 是 我

退一步想，海阔天空。

为了一件事，同编辑部争，智慧的老总当时这样教路："只要目的达到，言语间让步，又有何妨？"

醍醐灌顶，感恩不尽。

很多时候，为小事争得昏头昏脑，十分混淆，已分不清正副，忘记问一声："阁下要的，到底是什么？"

"你财迷心窍。""不，我才没有财迷心窍。"面红耳赤，为的是啥，假使为着稿酬，加与不加，才是正经，旁的风光，就不必理会。

争的如是名声，那是非一定要弄清楚，我明洁一似颜回，焉容点污！

将这个道理推广、活用，渐渐巴辣，是，愚的绝对是我，贤的绝对是你，但，此事必须依我。兄弟姐妹，我今日来此，并非为着歌颂一己之美德，我此行乃为争取个人利益。

要求增加花红，便是要求增加花红，千万别老说对朋友有多长情，对亲戚又有多么照顾，一点关系也无，纯属废话。

是，我是狼人，但有过往骄人业绩支持，所以提出下列要求，圣人，留待旁人去做好了。

不 要 逼？

老人家总是这样劝我们："凡事顺其自然，不要强求，身子累了，切记休息，不要硬逼。"

这样懂得养生，少壮派轰然大笑。

回首前半生，假使略有成绩，都是把精神硬吊起来，逼出来的功夫。

不说别的，光是写稿，不逼就不行，谁不想睡到日上三竿，睡累了打个呵欠，起身歇一会儿，再睡，然后逛街喝茶聊天，好算一天。

不苦苦逼自己拿起笔来，三年写不成一个长篇，小说几乎即时可晋升为文学作品。

中环数十万白领人士，哪个不被逼在朝九晚六这段时间内苦苦办公，工余还逼着去玩去闹去交际。

学子被逼接受目前教育制度，被逼测验考试，被逼温习至深夜。不逼，什么都做不出来，一事无成，我们不是为社会风气所逼，就是为个人意志力所逼，或受环境所逼，故发愤图强。

逼惯了，不逼，反而茫然若失，无所适从，为啥写那么多？为生活所逼呀，为兴趣不一下子就说明了。

手 术

手术室真是一个奇怪的地方，（老匡问："从什么时候开始，医生发觉可以把人体切开来治病然后一再缝合？"）在手术室工作的医护人员更加奇怪，如此可怕的场所与事件竟视作平常、谈笑自若，就跟我们进出报馆一样。

三年两度做手术的人，心情又如何？大约比一位三个月内全身麻醉两次的友人略好些，完全似慷慨就义，来就来吧。

每次麻醉，每一宗手术，都担若干风险，据统计，一万名病人中，有一名出错，可能回不到阳间。

因此，每当朋友入院做手术，大伙就满不自在，担惊、受怕、辗转反侧，不住打探他的进展，直至苏醒，才松口气，重新搞笑。

最最最奇的是，多大的伤口在今日都稀松平常，当事人往往尽快投入工作，只有在极空闲之际，才会看到疤痕：哗，好长一道口子，唉，不禁惆怅：又活下来了。

愈合之后，只剩细细一条白线，当今医生，真正都是国手。

副作用？当然有，自此看开许多，比从前更加无所谓，凡事嘻嘻哈哈，得过且过。

名人亲戚

最常听见的问题："倪匡是你哥哥，还是弟弟？"只得老大的眼递将过去，再不计较，也不能问一个女人比她大十一岁的哥哥是哥哥还是弟弟。

又有一次，马路上走着走着，忽然听见读者说："看作家，看作家！"心头一乐，想：可轮到我了，于是挺胸凸肚地迎过去，谁知读者们指着老伴道："倪匡，倪匡！"

他每每被读者误认，皆因眼镜与发型相似，几次三番在地铁站被少女叫住要签名，走投无路，只得喊："我认识倪匡，但我不是倪匡。"这个阴影尚未摆脱，另一个又跟着来了，躺医院里，年轻貌美的看护不住打探问："倪震几时来看你，倪震为什么不来？"

病情险些因看不开而加重。言若有憾，心实喜之，与有荣焉。

虚荣心发挥到至高无上阶段，希望所有亲友都名成利就，我等方可狐假虎威，闲闲说起："阿甲是我二哥，阿乙系我表弟，阿丙是我爷叔。"不亦乐乎。

做名人的亲戚最好，坐享其成，又不用背黑锅，受压力。

快高长大

新任父母一般的宏愿是希望宝宝快高长大。

并不算奢望，真的会很快，快得超乎想象。

十多二十岁，甫自学校出来，不是继续进修，就是玩玩玩玩，一下子就花掉十年八年，到了经济独立的时候，又得为生活埋头苦干，死做烂做，继而成家立室，为家庭奔波，好了，一抬头，人生路已走了大半。

还记得七岁自沪抵港，晃眼已是中年人，岁月如流水，一去不回头，时间太不经用。

每个成年人都有这种感慨。仿佛只是上个月的事罢了，接友人信，说："你做了阿姨了，我上星期生了女儿……"转眼间，这女婴已经九岁，姿势如美少女，信还收在文件夹内，纸一点都没有发黄，原子笔迹簇新。

只有十六七八岁少年才会有度日如年的感觉，也只有他们，以为时间无限，任意挥霍、糟蹋、浪掷均无所谓。

我们这些过来人把一天看得重似一天，天天都珍惜，日日金睛火眼，不肯犯大，不愿错失，酸甜苦辣，都视为宝贵经验。

不用急，一下子就长大了，也许就说："爸妈你们不了解我，现在我要去跳舞。"

不方便死

友人中不乏大情大性、百无禁忌之友，"死就一世，不死也大半世""最好一眠不起"。

讲起话来，充满黑色幽默，口口声声："你把我头切下来当球踢""死无葬身之地""视归如死""死就……"。

不问可知，全是名成利就的独身贵族，对社会已做出贡献，又无家室之累，无牵无挂，故此行为与言语均万分潇洒。

难得有至理名言：一个人有一个人好。

什么人不能随意死？不是笑话，一位太太累病了，她的良人警告她："快些复原，你若有三长两短，谁替女儿挑选、配搭衣裳，穿得土要被小朋友笑。"

连死的自由都丧失，非得好好活着为人民服务不可。稍微体贴点的话，父母在堂，也不方便胡作妄为，孝不孝顺是其次，有无代沟不成问题，为人子女，主要任务是好好生活。

侄女幼时，一见她父亲伤风咳嗽，童言无忌，便追问爸爸会不会死，他没敢放肆，因为责任深重。

原来活到耄耋唯一好处就是可以看到子又生子，孙又生孙，大家有人陪，吵闹喧哗，不愁寂寞。不便之处，也只得包涵。

金粉

要命，一直以为这是最私人最黑暗的秘密，直到同文说她童年时对圣诞卡上的金粉恋恋不已。

可见，所有小女孩都差不多喜欢同类型东西，谁也不必误会自己是天才儿童。

直到三五年前，看到一小筒一小筒的七彩金银粉，还忍不住收集，此外，还特别钟爱小珠子，散装或成串均来者不拒，连带对红印第安人饰物着迷，因为他们喜用珠子做装饰品。

还有流苏、排穗，摇曳生姿，镶在裙脚、领边或披肩上，因此爱上所有古装戏服，喜其包罗万象，亮晶晶珠片、头饰、绣花、丝线，确是小女孩梦想成真。

要到受了教育，学习品位，才会认清目标，将该等陋习改过。

此刻，许多成年人穿衣选择仍有小女孩情意结，务求多姿多彩，引人注目，美服装设计师卜麦基专攻活艳晚服，有一袭夸张若此：紧身红裙上钉满珠片，头饰是印第安人酋长的羽冠，长及脚，转过身来，披肩背上排成图案的小灯泡闪动不已，一如拉斯维加斯夜景。

这是我至想拥有的衣裳，品位，管他哩。

年轻人

三个年轻人在电台主持节目，教年轻人如何谈恋爱，妙不可言。

由年轻人教年轻人，十分合理，只有他们才知道他们想的是什么，以及要的是什么。

讲得头头是道，有理智，有智慧，听得长辈掩住嘴笑，正是旁观者清，他们教听众"先友后爱""做好事业再论婚嫁"等，就不知道万一自身遭到劫数了如何排解。

无线电一向为我所爱，无论清晨、下午、深夜，都适合聆听，声量尽量调低，音乐也好，清谈也好，絮絮地在耳边响起，像体贴的朋友低语，诚寂寞人良伴，无论正在忙什么，或什么都不忙，都是享受。

我在二○四号公交车站天天遇见一个秀丽可人的大眼睛女孩子。

从她校服看来，她在圣马利女校读书，亲爱的节目主持人，我非常想结识她，请问有什么良方？

谁会认为这是一个无聊的问题？对当事人来说，彼时彼地，没有更重要的事了。

别担心，他一定会长大、成熟、沧桑，变成你我他一样的老油条，实事求是，冷淡老练。

但在这之前，请给他做梦的机会，请一本正经告诉他，结识女孩妙方，因为时光似流水，一去不复回。

追 思

因事清晨起床，天蒙蒙亮，零碎的往事，忽然涌现。

最早的记忆，可追索到只得两岁的时候，母亲养下弟弟坐月子，把大一号的女儿送到外婆家寄宿，半夜啼哭，外婆被吵得无奈，只得以冰糖贿赂，蛀牙，大抵就是自那个时候开始的。

半明半灭的天空，倏隐倏现的思维，空气中带着啰唆，都想起来了。

肥胖的弟弟如何指着我同人说："这是我姐姐，但是我叫她阿妹。"兄长都非常遥远，只得我俩陪伴厮混吵闹。

老大老二青年时爱国多过爱家，浪漫地追随共产主义，老三是红领巾，站得笔挺，唱"胜利的旗帜哗啦啦地飘，千万人的呼声震动山腰"……

时间像火车那样克轰克轰呼啸而过。

侄子出生，看护抱怨是个特别顽皮的新生儿，在育婴室就拒喝淡开水，哭声震天，非要特别优待加一匙葡萄糖不可。

都不过似昨天的事罢了，上班落班，飞机来来去去，应酬胡闹，消耗了宝贵时光。

偶尔在清晨，忽然追思前半生。

成功原理

有人问爱因斯坦什么是成功最高原理，他答："如果A 等于成功，那么成功的原理可用 A=X+Y+Z 这一公式来表现，其中 X 等于工作，Y 等于游戏。"那么 Z 又是什么？"就是把你的嘴闭起来。"

太有道理了。

成功的秘诀之一绝对是闭上尊嘴，事成之前不发一言，埋头苦干，事成之后保持低调，不夸夸而谈，几乎是所有成功人物老练的处世态度。

很难做得到吧，对若干人来讲，做事做出成绩来，而不让他挂在嘴边，可比失败更惨。

不能耀武扬威，不能骄之友侪，那还不如不做。

一做了什么，不但自吹自擂，且广发资料，望他人也凑兴大赞，吹嘘过度，就算是项罕见的成就，格调亦沦为江湖卖艺。

一定要别人知道的心态十分奇突，无意与任何人分享成功美果，却希望吸引艳羡赞叹，来满足虚荣心，会不会是自卑感作祟？

充满自信，朝目标迈进，无论成败，都会再接再厉，这样的人，才不会为得失失态，得到什么，失去什么，都是私隐。

风疹

不致命，但足以令人动自杀念头的症候，除出耳水失去平衡之外，发风疹块也是其中之一。

所谓无名肿毒，就是这个意思，受害人不知吃错什么不该吃的食物，忽然之间，全身发出一块块红疹，大大小小，肿凸起来，连手掌心、脚板底、耳朵也不放过，大块叠小块，块上又有块，恶形恶状。而且，还痒不可当，不能抓，越抓越痛，越抓越肿。

查医书，原来体液从皮肤的血管渗出，聚集在皮肤及皮下组织内，引起局部肿胀便是风疹块。

奇是奇在注射、搽剂、药丸，均无法完全抑止肿与痒，这边退下去，那边又凸起，端的神出鬼没，只得苦苦忍耐，幸亏三两天之后，风疹块会得自动消失。

这是无法预防、无法根治的一种过敏性反应，患者从此不敢吃新品种食物。

虽说风疹与精神过敏或精神紧张并无明显关联，但每逢大考时期，宿舍里总有三五七人患上此症，苦恼不已。

尝说，这劳什子肿块一退尽，也就是世上最快乐的人了。

可是风疹一好，又有其他恼人的事来，生活永无宁日。

四气

某男士说，他择偶条件如下：女人需备有秀气、才气、福气和善气。

哟，好高贵好伟大的要求。

万一女方也要求男方备有才气、义气、财气与阔气，那可怎么办，世上还有结得成婚的人吗？

我们都是普通人，发三两度烧，就怪叫救命，受一点点闲气，便拍案而起，稍微做出成绩来，即时趾高气扬，凭什么去要求对方福慧双全，孝悌忠信，大方可爱。

我填你的空当，你补足我的缺憾，互助互惠，有商有量，也就是好伴侣。

过了二十五岁，尚持有择偶条件者，失望机会恐怕极大，勿忘你拣人，人亦拣你。

人尽可夫或可妻？非也非也，到了时辰，自有合眼缘者会得神奇自动出现，也许不十分秀气，也无甚才气，又不知道有没福气，闹起别扭来并无善气，但喜欢就是喜欢，没有解释。

你可以说这是人生悲哀之处，也可以讲是人生趣怪之处，我们对自己的命运一点控制也无，只得用乐观的态度走人生路。

摆姿势

同文这样写："但是少年人总有很多姿态，是摆出来给自己看的。"她为此追着所有的《济慈传》来读。

看到上述传神的形容，能不叹息三声？

敏感的少年人，为拜伦、济慈、雪莱倾倒，还算健康，有时候摆姿势摆得走火入魔，一头栽入印度释他乐声里，以为搞文艺工作便可不食人间烟火，每日睡到日上三竿，喝一杯雨前龙井，不经意穿着名牌开司米，仙风道骨，苍白着脸，斜斜靠在门框发发牢骚，傍晚若尚有气力，看一套意识流电影，读两页《红楼梦》，便算一天。

三五七年之后，不但山穷水尽，且完全与世界脱节，就算有资格享受余荫，不愁生活，长此以往，不事生产，也不符合20世纪90年代审美讲活力讲成就的标准。

旧友中许多已放弃不必要姿势，亦不愿再谈起少年逸事，正是前半生努力凸出不平凡，下半生拼老命学仿普通人。

渐渐经济实惠，平易近人。

为什么？姿势但摆不妨，切莫为它误了终身，老话一句，再浪漫、再飘逸、学问再高、品位再好，付不出电费，明日就有人来截电。

戒烟

戒过烟的人，都知道，戒烟几乎是不可能的事。

唯一的机会，就是趁感情生活或环境有巨大转变的时候，趁机将之戒掉。

譬如说失恋，这个痛苦绝对比戒烟更甚，有更巨大的苦楚做后盾，戒烟还算什么？轻描淡写就戒掉了。

又譬如说移民，人生地疏，悲从中来，反正思前想后，了无生趣，一并戒烟，一举两得。

毫不讳言，20 世纪 70 年代，亦系烟民，抽骆驼、吉丹尼这种浓度极高的香烟，完全没有希望戒得掉，直至生活方式发生三百六十度大转变，失却所有余闲，也忘记抽烟这回事。

成功地戒掉香烟之后，体重起码会增加百分之十或二十，这才叫烦恼，不得不再来一次斗争，叫作减肥。

撇开健康问题不谈，90 年代还吸香烟，予人落后的感觉，潮流已过——你以为是 50 年代占士甸[1]。呀，白棉内衣，牛仔服，夹支香烟，我们那代就是那样中的毒。

很沮丧的时候，也扬言"我要再度吸烟了"，始终没付诸实践，坚持不烟、不酒、不大麻、不安眠药，一样可以做写作人。

过 节

电影、小说、生活中的情节：某君忘记当天是结婚纪念日、对方的生日、情人节……因此闯下弥天大祸，女方从此不理他。

---

[1] 占士甸：詹姆斯·迪恩(James Byron Dean)，著名美国电影演员。

匪夷所思？有人喜欢过节，有人不。

有人觉得每逢佳节倍思亲，有人不；有人不过节会觉得凄凉，有人不。

从事写作行业，稿子天天见报，报馆从不过节休假，连带也对过节失却兴趣，认为费时失事，要过也过不了那么多，本市华洋杂处，花样之多，无出其右，节节都要过，难免疲于奔命。

化繁为简，连生日都不再理会，自己不庆祝，也不替别人庆祝，也不想别人代为庆祝。

最佩服电视台与电台工作人员，别人过节，他们加倍努力工作，牺牲小我，在所不计。

杂文专栏中过节文章特别多：今日冬至，发表一篇感慨文章；明日儿童节，又来一篇；后日母亲节，更是抒发意见好机会；还有植树节，劳动节⋯⋯

个个月都有公众假期，放得昏头昏脑，一挨节日过去，真正松口气，闷完了，又可以回到工作岗位玩耍，不亦乐乎。

练 练 练

真理：无论做什么功夫，何等样的专业，只有一个秘诀：说起来还真的乏味，就是练练练练练，然后，继续苦练苦练苦练苦练，然后，再苦苦地练，苦苦地练，苦苦地练，二十年之后，如果有天分的话，或许可以做出成绩来。

拉梵哑铃如是，写文章如是，耍杂技如是，设计服装如是，打网球如是，做人亦如是。

无捷径可言。

抄小路者一下子迷途，唯一正确方法是练练练练练，练得滚瓜烂熟，在观众面前表演时显得毫不经意，不费吹灰之力，轻而易举，滴汗不流，姿势优雅，成功了。

这种理论像不像孙叔敖杀两头蛇的故事，简直诲人不倦，只要功夫深，铁杵磨成针，不过，且慢欢喜，天分仍占若干因素，无天分者苦练半世纪也不管用，只有越练越难看，越练越像拉牛上树，惨不忍睹。

长期痛下苦功，仍怀才不遇者，宜对本身天分表示怀疑，天分与动力，缺一不可。

非常非常聪明，又非常非常用功，又非常非常幸运，才会扬名立万。

麻醉之后

做手术之前要全身麻醉，麻醉师会在病人耳畔轻轻说："阁下很快就会睡着……"麻木的感觉自手臂一直伸展至腋下，然后病人便昏迷过去，任由医生宰割。

醒转之后，如常生活，待伤口复原，可是起码，起码有三个月左右时间，有许许多多小节，从此在记忆中消失得干干净净。

像某出版社老总的笔名是啥，像友人办公室电话多少号，像拉开抽屉，咦，这是什么，几时买过一副这样的耳环？

不是不令人感慨的，既有今日，何必当初？置那么多身外物来做甚，晃眼就会忘记，且毫无损失，平日又何须管那么多闲账。

约三个月过后，人渐渐苏醒，零零碎碎琐事又通通回来，重堕红尘，忽然之间想起这个，又记起那个，哎呀呀，不得了，又开始斤斤计较。

其实何用等别人动手，宜学习自我麻醉：什么，不记得了，呵，是吗，有这样的事？敲敲脑袋，一并浑忘，正是：说时容易做时难。

沧海遗珠，总有一件两件事，是永远消失在麻醉剂中的吧，多好，宜当作意外收获。

打扮率真

前辈（凡是文章写得好的统是前辈）论及一位画师，说他动辄将艺术家的"率真任性"当成脂粉，动不动就拿出来打扮自己。

形容得不能再好了。

是有这样的人的。

明明是个深沉、工心计、锱铢必较、睚眦必报的人，却拼命掩饰，一直为自己塑造一个率真的形象，试想想，人生如此矛盾，如何做得好文艺工作，实为干艺术的大忌。

人性中最阴暗的一面便是看不得行家有一点点好，谁谁谁崭露头角，便设法去拉他下来，揭发、放大、丑化他人短处，连群结党，企图堵塞他人去路，大小帽子一顶顶压将下来，然后还打扮率真："我这个人直肠直肚，看见什么说什么，疾恶如仇，眼内容不下沙石。"

换一个政权，换一个地方，这种人很可能就成为地方恶霸，顺我者昌，逆我者亡。

可是自由社会，谁也害不了谁，通通凭真功夫打天下，日子久了，率真脂粉渐退，真面目渐露，脸上瘢痕、黑斑全部显现。

公众不要看这样的面孔，立遭淘汰。

茶就凉

俗云：人在人情在。又云：人一走，茶就凉。

所以洋人说：请替我暖着座位。全部是同一意思。

走要走得潇洒，出过力，发过光，有朝一日要离席，挥挥手，不带走一片云彩，是最漂亮的做法。

切勿念念不忘，酸溜溜："旧同事都怀念我，说公司里没了我，气氛都不一样。"老兄，活了这些年，你不是真连这样的话都相信吧？

过去的人，过去的事，放在心底，午夜梦回，取出回味，白天宜努力将来。

茶凉了就凉了，不要去稀罕它，找到更好的雅座，舒舒泰泰，叫新伙计沏上新鲜滚烫的香茗，呷一口，松口气，才是正经。

人去而茶凉，乃理所当然之事，茶博士忙得不可开交，频频招呼在座的各路英雄好汉，谁爱走，尽管走，断然不会苦苦挽留，门口不知几多人正轮候，立刻填充补上。

等到将来退休，写起回忆录，才批评哪家的茶甜、谁家的茶酸未迟，此刻，还是把台面上功课速速赶出来吧。

做得好，不知多少老板愿意备妥茶礼，恳请阁下过档赏光品尝。

江湖救急

外国人的规矩：绝对不考虑聘用学历过优的申请人，皆因此类人做不长，一有机会，立刻跳槽。

为什么会沦落到去申请一份低三下四的工作？江湖救急，花无百日红，杨志还有站街边卖宝刀的倒霉时刻，能屈能伸，过了难关，说不定又是一条好汉。

这种人在工作岗位上，未必表现出色，心不在此，焉能投入，况且，大概会觉得四周人比较低能，故不与理论，不如维持缄默。

不知底细的同事们四处扬言："都说某君聪明，次次开会，他都一言不发，无甚建树。"

明眼人莞尔，他有点子，也不会在这种场合、拿这种薪水之际贡献出来。

稍后把握到机会，自然会得光彩夺目地表露他的才华。

韬光养晦之时，静静潜伏，休养生息，当作冬眠，不过是暂时性质，可别以为此君从此不振。

大材小用，当然不会拼命，大材大用，小材小用，才会尽力而为。

新移民到外国见工，雇主一见学历，马上皱眉，表示请不动。

贵价货大平卖而卖不掉，没有比这更悲凉的了。

分别

一位女演员曾笑说:"我们不过是靠几件漂亮别致的衣裳装妆身罢了,不穿,那怎么行,那同普通女孩子有什么分别?"

做女演员是否比做普通女孩子更快乐,不在本文讨论范围,不过,一旦拥有名气特权,一时间放弃,确非易事。

以此类推,我们也可以这样说:天天写惯了专栏,打开报纸,看到杂文黑字白纸整整齐齐印出来供看官阅读,不知多高兴,如果不写,同普通女子有什么分别?

行政人才也可以这样说:到了办公室,数百名下属拥簇着前来听命,运筹帷幄,不知多威风,不上班,岂非沦为普通人,大大不可。

返璞归真是一回事,从开头到结束都身为普通人,又是另外一回事，故此对特殊、与众不同的身份，恋恋不舍。

不出风头，那，同普通人有什么分别？不戴着几百克拉钻石，跟普通人有什么分别？不奇装异服，又与普通人有什么分别？

怕做普通人变成一股强大的原动力，推着大家前进。

悲凉解释

"我向往的原是这种平淡生活，求仁得仁，夫复何求……"

"跌倒爬起，最普通不过，只要再努力……"

"见识过享受过，不枉此生……"

这种自我安慰语，像不像夜半独处黑室的孩子拍打自己胸口猛说"宝宝不怕，宝宝不怕"？

所有解释之中，以这一种至为悲凉，因为当事人其实不是想旁人相信他可以渡过难关，而是想他自己相信，恶劣环境未算绝望。

一次又一次空洞地重复他不介意，其实是最最耿耿于怀的一种表现。

健康快活人才不会分分秒秒解释"我最喜欢与亲人团聚，所以每星期天与他们上茶楼来"，或是"本来搓麻将是国粹，故此天天下午纠众打上十六圈"，或是"拿文学奖是我自幼志愿，此刻靠专栏稿费生活也不错"。

生活总有起落，坦然承受，处之泰然，静待转机，照旧吃喝嫁娶，苦中作乐好了。

不用向任何人解释，因为世上所有苦难都靠我们自己挨过，不要欺骗自己，要正视难题，设法解决，粉饰太平完全于事无补。

过犹不及

有两种人，颇为奇突。

第一种，是直嚷嚷没有兴趣没有时间去赚钱的人。

第二种，是分分钟宣告天下他去年又赚了一万亿的人。

喜不喜欢赚钱，是很私人的嗜好，同爱不爱喝可口可乐，早上起不起得来一样，不值得褒，也不值得贬，更不用大惊小怪。

阁下性不嗜赚钱，是阁下的事，希望阁下遇到什么三长两短之时，不要开口赊借，又阁下生财有道，亦请维持风度，除非阁下打算与众分享财富。

收入多寡，不足以定人格高下，颜回非常穷，人品一流，但并非人人似颜回，有些人一穷志就短，子贡非常阔，性格却十分好，可惜并非人人似子贡，多数人一阔脸就变。

标榜穷同标榜阔可能一样无聊，太看不起钱，或太看得起钱，都是不大健康的态度，均属自卑表现，两者都怕旁人小觑，故此一个表示不屑，一个表示没有办法。

真正甘于食贫的廉洁人，并不介意他人怎么看他，甚少解释。

而，唉，本市那么多阔佬，有几个肯告诉公众，他去年个人收入的数目？

万 古 愁

友人教两岁的孩儿吟诗，那小孩咬音准确，抑扬顿挫地背："床前明月光，疑是地上霜，举头望明月，低头思故乡——"那"乡"字拖得老长，笑坏人。

他父母大概是要移民了，所以有感而发，挑这首诗来教他。

一样是李白作品，"床前明月光"比较清淡，性格疏狂的大人也许觉得不如教《将进酒》，最好在老匡这种人面前念："五花马，千金裘，呼儿将出换美酒。"在这个时候，顺带教孩子去拍拍酒徒的肩膀，安慰他："与尔共销万古愁。"想必有趣得多。

还有，叫一个安琪儿粉团似的小孩吟："君不见，高堂明镜悲白发，朝如青丝暮成雪。"不知多悲凉讽刺。

过分？不会啦，不会比模仿电视谐星更离谱啦。

不过如此家庭教育，保不定有一日逼孩子做功课之际，他会悻悻地说："人生在世不称意，明朝散发弄扁舟。"哈哈哈哈哈。

记得小时候第一篇接触的古文是《木兰辞》："唧唧复唧唧，木兰当户织。"然后就是"汉皇重色思倾国"，意识非常不良，可是也背得滚瓜烂熟。

不同的孩子接受的家庭教育完全不同。

养孤儿

永远记得古老粤语电影有一部叫《卖肉养孤儿》，主角当然是著名哭旦，无时无刻不趴在地上呼天抢地，仿佛少了她的眼泪，五纲伦常，孝悌忠信，将全部沦亡。

不要笑，现实社会中也有这样的人，简直就是患了"卖肉养孤儿症"。

无论做什么事，都抱着轰轰烈烈的牺牲精神，喧哗得路人皆知，他必定是忘我的，全力以赴，废寝忘食，且全然不是为己，肯定是为人，那倒霉的人，可能是他的伴侣、子女、老板、读者，甚至是全人类。

他代表正义、光明、真理，为着要走该条堂堂正正的大路，他被逼放弃许多世俗的逸乐，这笔账，通通算在四周亲友头上，他因而有权批判每一个在他眼中运气比他好的人——倘若当年他不是舍己为人，他的成就当超乎所有同侪。

碰到上述人版，宜争相走避。

成年人都知道，无论做什么事，再艰难困苦，与其日呻夜呻，分分秒秒要求得劳苦功高奖，那还不如不做，做了也等于白做，无须上演《卖肉养孤儿》。

量力而为，请勿当众做到抽筋、吐白泡，恶形恶状，有碍观瞻。

打扮

许多不打扮的人都看不起爱打扮的人，认为天天妆扮十分无聊幼稚，却不知道，打扮得好亦是一门终身学问，不知花多少心血、精力、金钱才能略有成就。

而让观众一眼发觉打扮得好的打扮，还真不算打扮得好，真正高的段数，是叫人看得舒服，轻描淡写，不流汗。

人生哪一个阶段最适宜打扮？求学时期苦苦钻研功课，转眼又一个考试，至要紧拿到文凭，那才是最好看的装饰，穿什么着什么已属次要。

创业期间，挑灯夜战，惨淡经营，心急如焚，衣食住行均马马虎虎算数，有了成果，还怕没有享受？于是也没刻意打扮。

等到做出成绩来，当然要再接再厉，加油直上，飞扬的神采抵得上百件新装，打不打扮，已经无所谓。

时间用在什么地方是绝对看得见的，相信在打扮界或写作界夺到花魁均需付出同样巨大代价，真要看个人如何选择了。

年前因事与著名时装设计师会晤，每次都准时，他叹曰："每个客人都像你就没有烦恼了。"可是，像我们这样的客人，哪里有暇光顾他。

祖师爷

我们希望达到的那种不解释不抱怨境界看似洋派，说穿了其实学自一个大家都熟悉的人物。他是"东邪"黄药师。

谁听过他解释，谁听过他抱怨？有时，明明三言两语，即可冰释非常严重而且影响深远的误会，他也选择孤傲地沉默，不说就不说。

——这样简单浅易黑白分明的事实你们都弄不懂，活该，十年八年之后，或许水落石出，或许水不落石不出，也活该。

真痛快，因此得了一个绰号，叫"东邪"，因为一般普通人无论遇到什么芝麻绿豆即时炸起来，忙不迭轰轰烈烈，登报声明我是人非，甚至通通是社会的错，不介意揽事上身者当然被人误会的确邪门。

人家说些什么，他一点不放在心上，如此潇洒，说时容易做时难。

人们永远觉得人家解释得太烦，直到有什么事落在自己头上，届时，只有说得更多更长久。

通通宜拜"东邪"做祖师爷……什么，你们把这样低级的谬误算在我头上？哈哈哈哈哈，讲多一句都嫌烦，希望你们不要用同眼光去炒外币股票。

无以为继

文艺工作者当然希望红得快，且红得久，至好红一生一世。

红得快只能获名，红得久则名利兼收，红一生一世可望流芳百世。

红得迟的人比较懂得珍惜成果，红得太快太易太早则使人头轻脚重，因为得来全不费工夫，故误会下半生一定可以顺顺利利，所以一遇挫折，即痛不欲生。

文坛也是个很奇怪的地方，有人写了三十年，日写万字不红，有人写了三个月，才写十来万字即红。

不红无所谓，把写作当生计，苦苦耕耘，按期交稿，出书，尽其本分，乐在其中。

突然蹿红，一定有强大压力，非得加油，使名气继续旺盛不可，若要红而不衰，唯一的方法，是不停拿出工作成绩来，而且下一次，最好胜过上一次。

如不，残酷的观众读者便掉头不顾，另捧他人。

红得太易的人多数不肯接受此乃人之常情，百思不得其解，为何当初不过举手投足，即获满堂喝彩，如今用尽吃奶之力，却不获群众青睐。

一次两次三次走运，不表示终身幸运，一边等走运，一边练功夫，才是正经。

无以为继是很凄凉的一件事。

序

巴金自序："我年轻时是个爱唠叨的人，过去出版的图书，前前后后都有作者的说明，初版有小序，重版后又加后记，唯恐读者不理解我的心思，反反复复，一说再说……"

前辈于是说，读完这篇小序，发觉巴金同年轻时一样，仍然是个爱唠叨的人，不序不快。

最惨的是，这么唠叨的人还以为自己大有进步，已经不再唠叨。

有些作者爱序，有些不爱，序与不序都不要紧，序有序的范围，切记书是写给读者看的，读者注重的是书之内容是否值回书价，他们不在乎谁替谁作了序。

曾经看过有七个序的小书，书后还刊登了十七篇赞美的书评。当然全由作者亲友撰写，作者又忙不迭在序中谢谢这个，谢谢那个，借书联络感情，又纪念这个，纪念那个，浑忘读者存在。

可怜的读者只不过想看一篇好小说或是好杂文，唠叨的作者却不放过他们，前序后序还不够，更进一步在专栏中推荐、介绍、解释写这本书的目的、原因、动机、过程……

总而言之，不放弃任何唠叨的机会，唯恐读者低能，唯恐读者不明白他的苦心，错过他的巨著。

不 敢 诉 苦

诉苦渐渐变成小朋友行径。

成年人上至倾家荡产，下至头晕身热，都最好贵客自理，否则，只予人唠叨、啰唆、自我中心、麻烦、懦弱、无能的感觉。

是，这世界是越来越冷酷了，谁家没有烦恼，家家都有难念的经，要诉心中情，请找心理医生，切勿对亲戚、朋友、配偶、读者长年累月絮絮不休，否则后果自负，也就不必抱怨亲戚、朋友、伴侣、配偶通通跑光。

成年人遇到屋漏、夜雨，禽兽又在门外虎视眈眈，多数忙不迭找良策应付，而不是呼天抢地怨命苦。

一个月进医院三次？吓得连亲友都不敢通知，怕叫他们担心不安，而且宣扬出去，于形象也不合，太窝囊了。

非到性命关头，千万别叫救命，成日价狼来了狼来了，脸上长两颗疱疱，就需要安慰，叫四周的人怎么吃得消。

叫人帮忙，也得先考虑：（一）要求是否合理；（二）人家做不做得到；（三）人家同阁下有没有这样的交情。是，人是越来越难做了。

伍

应酬

十

众生相是最值得观赏的万花筒，百看不厌，观众永远不愁无聊，为何说不喜应酬？

魅由心生

极喜欢这则故事，说故事的人是老匡：一日，他喝醉了酒，在尖沙咀某处硬是要惹三个年轻人打架，人家忍让又忍让，忍无可忍，斥责他道："好了！倪先生，你以为你真的是卫斯理呀！"

太有道理了，书中主角是书中主角，作者是作者，千万不可混为一谈，许多作者误会主角由他所创，于是，他即是主角，主角即是他，天长地久，影响心理，异常危险。

试想想，金庸若把自身当郭靖、杨过、韦小宝，那还怎么生活。

一定要分别为圣，主角性格可以有作者影子，但写完稿件，宜即走出幻想世界，回归现实。

书中人所作所为大半随心所欲，乐，乐到极点，悲，也悲到尽头，为求看官满意，在所不计，浪漫、激情、曲折、离奇，任意安排，乃著书人看家本领，作者若一时糊涂，魅由心生，代入剧情之中，难舍难分，则后果堪虞。

搞文艺工作的人因长处寂寞中，压力又大，易生心魔，弄得不好，一发不可收拾。

千万要小心，记得要抽离。

耳边风

曾经与一位性格泼辣松脆的女士做过同事，当时，她刚生下女儿复职，闲谈时有人说："老人家仍然喜欢男丁。"她立刻眉毛一扬，笑嘻嘻问："老人家生还是我生，老人家养还是我养，老人家带还是我带？"

各位看官，此乃至理名言，齐来学习。

仰人鼻息，在人檐下过，自然事事不能撇清，天天要委曲求全。

既然经济独立，自生自灭，则无须理会他人意见，对绝端不合理要求，都可以一笑置之。

人系群居动物，习惯成自然，仍难避免完全不受传言影响，听到不悦耳的闲言闲语，还是会动气。

切记没有人打算与阁下共患难，而阁下大抵亦不愿意与旁人共富贵，则天下太平。

有一句生气话叫"你把我的话当耳边风"，真可爱，许多话，是应该视作清风，过耳而不入。

广东人很有一手，往往嬉皮笑脸："我当你唱歌。"即不重视别人说些什么。

无厘头术语是："你讲话呀？"表示没听见。

都好得不得了，任选一句，活学活用，保你延年益寿。

赠阅

关于赠阅，一贯态度如下：（一）恕不赠阅；（二）不好看的书，赠也不阅；（三）好看的书，自然会买，买不到，才要求赠阅。

有些人跑进写作人家里，一看，哗，一百多种作品，每种十来本，加一起，千多两千本，成行成市，不顺手牵几本走，简直看不起原作者，为了聊表敬意，每种拿他两三本，赠予亲友，有助推广宣传，否则，亦可垫煲底，何乐而不为。

不告而取，你拿几本，他拿几本，最惨的是，书种多，有些被一取而空，却不知道是哪一本，又没时间过几个月依照目录对算一次，日子一久，单行本便凑不成一套。

书价平廉，不算什么，叫出版社送书，却是极之麻烦的一件事，劳驾人家次数太多，想必惹人憎厌，作者手无缚鸡之力，更不会去扛、抬、挑。

故此，从不在他人书架上擅取图书，要看，去书局报摊自行购买。

既不索阅，当然亦不勤阅，书已经写了在那里，要看请看，不看拉倒，不爱看，大可看别的，无谓介绍推荐，自吹吹人。

灵肉分家

少年时无论干什么，通通灵肉合一，投入之至，因为气盛，不喜欢做的事一律不做，爱做的又做得半死，不问酬劳，只讲爱恶，蠢到要死。

渐渐灵肉分家。

成年后最要紧是有所进账，最好做到利人利己，于是，工作不再是娱乐，变得严肃，做久了，当然十分累，终于发觉自己的肉体仍然孜孜不倦，死做烂做，而灵魂早已出窍。

肉身正在打躬作揖，满脸笑容，胡言乱语，灵魂却在一旁冷笑，并说："阁下为蝇头小利迷失自我，丧尽自尊，是否值得，痴儿！还不苏醒？"

肉身愤愤转身对灵魂道："你懂什么！皮囊要穿要吃，还要住房子坐车子，能不为阿堵物折腰？"

吵起架来，十分悲苦，因灵魂离开肉身，后果堪虞，肉身没了灵魂，亦即失去生命。

只得互相纠缠一生。

许久许久未试过灵肉合一了，有几件事是我们真正想做的，有几个派对是我们真正想参加的？均为着某种原因，无法推辞，被逼完成任务，以致灵肉分家。

直升机

在报章写连载小说，唯一的秘诀，似乎只是不断地写，写写写写写，写写写写写写。

最大的敌人是时间，而不是任何同文，并没有长时间构思的奢侈，只能做一个简单的大纲，细节容后再说。

粗糙？阁下也许还不大懂得写日报的规矩，第一守则是怎样在有限的时间内写得最好，写得更好而不能及时交稿，也属枉然。

为何要准时不停交稿？因为职业写作人要维持生活。

于是个个练就看家本领，犹如那种无须在跑道上缓缓滑行即可以直升直降的战机，喷射涡轮强力一扯，即时行动。

当然累，当然需要强大的能源。

许多人误会一年出一本诗集的作者才呕心沥血，其实一年写十二本畅销书的作者说不定更面青唇白，只不过求仁得仁，稿酬不薄，才不便抱怨。

长年累月，一个故事完了紧接另一个：永远不开天窗，年头写到年尾，乐观一点，可以说天天收稿费，比较累的时候，自然希望少写一点。

不过拿到单行本的时候，总有点高兴，噫，没有浪费任何时间，到底都写出来了。

因小失大

多年前，做人伙计，要看得开，够忍耐，有一句话叫："不骂伙计，难道骂老板?"可见要受气。

社会繁荣，潮流已转，此刻，用人之道，才讲究呢!西方管理科学的名言有"最好的老板会使伙计觉得他真正地被需要"。

换句话说，要体贴下属，要客客气气，发合理的薪水给他之余，尚要顾及他弱小心灵，尽量给他自尊，多多鼓励称赞，要他觉得精神愉快，否则，他一不高兴，另谋高就，老板就得事事亲自动手。

做不了那么多？只好在伙计面前低声下气，委曲求全，真正不简单。

推而广之，待人之道，也是如此，以大压小已经行不通，地方小行头窄，谁有多少实力，谁在抛浪头[1]，人人心知肚明。

若要好，只得老做小，永远你大我小，是是是是是，凡事好商量，除非着实查清此君吃硬不吃软，否则请先把自身缩小一百倍，方便行事。

只要迅速办妥事情，达到目的，谁大谁小不要紧，吃

---

[1] 抛浪头：吹嘘自己或吓唬人以显示自己威风，出风头。

亏的肯定是只讲门面大之人，可以想象结果，因小失大。

流金岁月

有那么一个人，不讲礼貌，没有教养，放肆任性，一点不懂得与人相处，绝不忍让，毫不客气，动辄吃喝，无理取闹，专爱把快乐建筑在别人痛苦之上，最好世人均以他的旨意为依归。

不分日夜，乱下命令，不管人家做不做得到，硬是逼着人去完成任务，不达到目的，纠缠不清，誓不罢休。

其荒谬之命令包括半夜三更陪他吃、喝、散步，服侍他的人，一如奴隶，小心翼翼，唯恐招呼不周，分分秒秒看着他面色做人，他一声咳嗽，一声喷嚏，足以使人魂飞魄散。

他永远不管他人有否正经事要办，在穿，在吃，抑或在卫生间，他立刻、马上、即时要，就是要。

说至这里，大家大抵有点数目，知道他是谁了。

当然不是坏老板，或是暴君，两者都还不那么可怕，都可以躲避，逃得过。

谁，谁，谁那么可恶？

实不相瞒，那就是你我他，每个人，做新生儿之际的所作所为。

呵，真是人类的流金岁月，要哭就哭，要闹便闹。

国语

国语真好听，无论男女老幼说来，都那么悦耳，它可登大雅之堂，发音优美铿锵，就算是个容貌猥琐的人，只要开口讲标准国语，也可将其人升格，绝非偏见。

许多中国人会讲发音不大准的国语：台湾人、上海人，都咬音不准，最可怕当然是广东人打官话，不过，其志可嘉。

任公职时，上头打电话到公关部找会讲国语的人，立刻自告奋勇，谁知他说："很多人都说他们会说国语……"马上答："我是真的会的。"不知什么地方来的勇气，其实只能讲少许生活对白，而且根本不懂在什么时候卷舌头，一味死充。

无论什么语言或方言说得好都不是容易的事，听了使人舒服，更是艺术。

电台节目中有国语访问，一听之下，发现国语原来可以运用得那么活泼、俏皮、幽默、可爱，心向往之。

可是一到联合国，中国代表用国语发言，又那么庄重得体，真正了不起。

你可怕吗？

旁人眼中的职业女性：下班回来，她要一杯茶，用人给错一杯咖啡，结果她立时三刻炸起来，大发雷霆，痛责女佣，连带摔破杯子。

这样臭脾气，可怕可怕真可怕。

实情，这个可怜的女人当天早上六点半就起床准备去开八点钟会议，前一个晚上，做章程又赶到凌晨，到了公司，升级名单发表，斯人独憔悴，强颜欢笑，跟上司追逐整个上午，听同僚冷嘲热讽，下午忽接小学校长电话，指明要见家长，顽皮小儿在课室闯祸，她遍寻丈夫不获，只得亲自出马，与客户之约迟到，遭受白眼，伊老妈偏不识相，硬叫秘书告诉她，已三个月没收到零用，速速送上。

委曲求全整日，几乎助长癌细胞发育，心酸地回到家中，有友人来电，说看到她良人与一艳女同行，她犹自按捺情绪，叫女佣给一杯茶，结果得到的却是咖啡。

这杯咖啡好比骆驼背上最后一根稻草，她崩溃下来。

骆驼是庞然负重刻苦耐劳的动物，一根稻草能使它折腰？非也非也，长年累月它已背着千斤重压，容忍力总有限度。

请原谅包涵可怕的职业女性。

节 奏

都会节奏越来越快，很多人都说，从来没试过做一份工作，换句话说，杂数职，越来越普通。

三日不出门，便发觉街外人的步伐又快了一点，以前，走路好比小跑步，习惯轻轻拨开前面走得较慢的挡路人以便前进，现在，轮到别人推开我。

比别人慢肯定死路一条，同人家一样快也不够，真的要比别人快一步，捷足先登，便是这个意思。

一天睡五六七小时，叫作奢侈，超过八小时一天的睡眠，算作可耻，当事人如敢透露有午睡习惯，也许会被亲友扔石头。

当年任职电视台，为庞大工作量吃惊，同主管投诉："简直没时间睡觉。"那人冷冷答："谁叫你睡觉。"这是什么话？却是真事。

近年在家做自由职业，创作了一套私家节奏，你管我哩，总之准时交稿，慢，也慢得有理。有时自早到晚，七八小时，也写不了七八张纸，慢条斯理，踱到东，踱到西，写不出，怪叫数声，再从头写，慢成这样，走至外头，真怕被人践踏致死。

曾经一度，被人讥笑为撞死马、女张飞、冲动派大弟子……俱往矣。

幸福

车子停在斑马线前，只见一个女子，背上背着个孩子，双手提着满满肉食菜蔬，匆匆走过。友人说："运孩子就比较贱。"

错。

对一个一岁不足的幼儿来说，大屋大车、黄金美钞各式排场的价值，等于零，幼儿所需要的，不过是一双紧紧抱住他的，最好属于他母亲的手。

能够被妈妈背着到处走，实在金贵之至。

求仁得仁，是谓幸福，爱名利的人，给他爱情，他要来无用，渴望爱得欲仙欲死，给他高官厚禄，也是枉然。

婴儿渴望的，绝非行头排场，而是"姆妈抱抱"，平凡女子盼望的，不过一个小康之家，成日在里头兜兜转转，安排那开门七件事，已经乐趣无穷，不必同她讲扬名立万，那简直是俏眉眼做给瞎子看。

那么，抱幼儿、提菜篮的女子，一定苦也苦煞脱？也不一定，她可能自家人一声赞美、孩子一个笑脸就得到无穷乐趣。

呵，上帝是公道的，你一定要牺牲一样，来换取另一样，得到一些，也失去一些。

健 康

非常非常重视健康，并且认为身子无恙，即系财富，略做牺牲，在所不惜。

故此早睡早起，绝不熬一夜，生活正常至乏味程度，食物清淡，亦不喜上馆子，全无烟瘾、酒瘾、药瘾，尽一己之力，努力自爱。

当然不见得就此长生不老，有些人生活方式奇突，日夜颠倒，风流快活，一样活至耄耋。

只是不想吃苦，年前做过一次小手术，肉体所受折磨，刻骨铭心，没齿难忘：脑子明明清醒，手足动弹不得，全世界只得一个痛的感觉，因之同医护人员诉苦：这样活着，似乎没有意思！

幸亏飞快痊愈，事后有顿悟，正如老匡说："至怕生病，病中不要说不能赚钱，连花钱也无力气。"

之后变本加厉珍惜皮囊，灵魂再精乖伶俐，也不能独立生存，奈何？故完全顺从它的意旨：累？马上休息，事事以它为重，不想添增额外麻烦，做足一百分。

看到别人狂歌、酣舞、痛饮，羡不羡慕？

没有什么是不用付出代价的吧，当事人当然认为值得，否则早就改变方向。

胜任

无论是谁，无论做哪一份工作，在岗位上挥洒自如、游刃有余，便是胜任，均会给旁人一种愉快的感觉。

一个胜任的医生、律师、署长，与胜任的侍者、家务助理、售货员，同样为人民服务，是社会好帮手。

能不能胜任，是看得出来的：写作人拖稿不已，期期艾艾，词不达意，净交日记；钟点女佣气喘喘扑来扑去，三四小时下来，晚饭尚未摆出……都是不胜负荷，应当立刻转行，以免累己累人。

一个胜任的人才，完全知道他应当做些什么，计划一展开，不受外来因素影响，唯一目的便是把工作做好，专注、用心、尽力、不怨天、不尤人。他不一定是建筑师，他可能是掘路工人，职业不分贵贱。

上司或老板发火，通常不因下层手下伙计不能胜任，做不来，可以慢慢学，最讨厌的一种人，是明明不能胜任，而偏偏真心认为自己是个人才，而他之所以潦倒，乃因怀才不遇。

哗，这类人之可怕，无出其右，有理完全说不清，总而言之，是社会的眼光肤浅低俗，不够资格欣赏该等有性格人士。是社会不能胜任。

落单

每一个家庭都是个小圈子，旁人破了头打不进去。

少年时一大堆吃吃喝喝耍乐的猪朋狗友，亲密无间，稍后各有各的工作，各有各的烦恼，很难再似从前，一声呼召，聚集一起，通宵达旦，畅意谈笑。

朋友若有伴侣及子女，更不便加以骚扰，单身人士渐渐觉得寂寞难挨，为什么结婚？这恐怕是主要原因。

身边有个人，主要义务是守望相助，于是一进门放下公文包，便可以恼怒地将案件重演："某某今日在公司里多么无理取闹……"

找朋友倾诉哪儿有这么容易：阿李出差纽约，小王早已移民，老张进了医院，钱某手提电话坏了……不是知己无一人，而是何处觅知己。

位位都是自由身，抽得出一点点空给朋友，已是皇恩浩荡，无暇应酬，亦情有可原。

家家户户，关起门来，自求多福。

独身人士最好在工作上找乐趣，同事们为了薪酬，不得不死缠烂打，筋疲力尽，倒在床上，又是一天。一旦退休，后果堪虞。

一个个小单位就是这样组织起来，得来不易，自然拼死维护，不容外人闯进。

时 不 我 予

有没有浪费过时间?

曾经见过一件 T 恤,上面印着两行字,"那么多男人,那么少时间",惆怅之情,洋溢无遗。

并非工作狂,却也从未试过闲散,成年后很多时候同期做两份工作,十五六岁迄今,天天写稿,除出周末休假,初一停笔,习以为常,并不觉得游手好闲是一种享受。

但时间越来越不经用,闻说同文一小时可书四千字,艳羡不已,眼见又有些同文三四年无作品面世,净惦记风花雪月,又不胜钦佩,别人的时间,正如别人的荷包,总好似特别松裕。

心如刀割之余,午夜梦回,不住检讨,错失在什么地方,以致时间不见用,以致时间流到沟渠,以致抬眼间,没回头几乎已是百年身。

一定是睡太多了，昏了头，梦中不知日月长。

一定是懒，不思进取，耽于逸乐，过得一日是一日。

初中时读过一首诗，不知诸君还记不记得？"劝君莫惜金缕衣，劝君惜取少年时，花开堪折直须折，莫待无花空折枝。"

要命，原来是真的。

争取自由

活动范围越大，人便越自由，人类向往自由是天性。

胎儿最最困惑，小小黑暗空间，至多伸伸小腿小臂，到最后一两个月，还得蜷缩起来将就狭窄宿舍。

出生后晋升为婴儿，想必快活，小小床里翻来覆去，四肢随意舞动，大跃进。

稍大，会得爬行走路，便渴望走出去，到处张望，会得挣脱，推开大人，希望自由活动漫无目的，但乐不可支。

再大一点，要有私人房间，社交圈子。成年之后，便搬离父母之家，另辟住所，办公室占地宽敞，亦是身份象征。

终于，有人可以凭才智建立事业王国，拥有跨国活动范围，住宅动辄以万呎计，成功了！

能力越高的人，世界越广阔，走得越远，人们喜欢旅行，因为行万里路象征扩大胸襟。真正的雍容，却是一种心态，飞绪快若闪电，一下子驰逸出去，与宇宙结合，这是老庄思想最向往的境界。

防止人类追求自由，并不可能，每个人的意愿完全不一样，至不受控制的是人心，自孩提时起便要自己来，可见一斑。

将勤补拙

文人大半不擅理财。

一半受传统思想荼毒，通通以颜回的言行为最高指示，装也要装点意思出来，否则就有失斯文。

另一半呢，也实在对理财不感兴趣，毕竟是很琐碎很计较非常麻烦并需要付出许多精力的一件事，且也得要有天分智慧，性格散漫的文艺工作者不可应付，故此是两袖清风者居多。

少年时，大家都试过等一笔款子用才四处张罗找外快的仓促。

这些年来，也尽量拜读财经专栏，将勤补拙，吸收领会，希望从中得益。

往往看到金玉良言，像："没有节蓄就没有尊严。"注曰：资本主义社会名副其实由资本主宰，积累一笔资金是个人生存之道。

其实等于华人一直说的"衣食足方知荣辱",才有资格"躲进小楼成一统,管他冬夏与春秋"。

没有一个人永远获幸运之神特别眷顾,专家不住叮嘱,生活稳健之道,最简单的是通过努力工作,其次是累积,最困难的是通过独到眼光,做投机取巧生意。

如醍醐灌顶。

赎 身

增加收入,最大目的是什么?

当然是为享受。

每个人心目中,至大享受并不一样,如果认为人生中最大享受是自由,那么,赚钱目的,乃为赎身。

赎谁的身？赎自己的身。

"性本爱丘山"的少年误堕尘网里，一去三十年，再不设法赎身，永远沉沦，苦不堪言。

故此要把自己从办公室里赎出来，笑笑站起鞠个躬说声再见，最佳高就乃系恢复自我，除下面具，卸下盔甲，归田园去。

把自己从无聊的应酬里赎出来，再也不必为蝇头小利营营役役讨好任何人，浆白了面孔去迎合吹捧拍，不喜欢见的人，可以完全不见，做其没面目焦挺，优哉游哉。

又可以丢下一切俗务，学一位同文，在美丽的五月，跑到佛罗伦萨，吃着奶酪，站在但丁初遇比亚翠斯的旧桥上，看半日风景。

唉！

同志们，为了真正的自由，快点努力工作，赚取酬劳，以便赎身。

奇

记忆再清晰没有，那一次，在 1973 年，也是同一情形，一桌十二人吃饭，个个铁青面孔，食而不知其味，拼命讲炒股票，一顿饭两小时间，无人提过天气好不好，风景美不美，大家身体可健康，只是一味股票股票股票。

又来了。忽然之间，又什么都不感兴趣，人人口中净是楼楼楼，每呎可以炒到什么价钱，明日脱手，可赚多少，旦夕之间，谁又成为富翁，茶饭不思，炒炒炒。

讨不讨厌？可不可憎？

赚些外快，增加进账，人之常情，可是沦入疯狂状态、置正业于不顾，日出至日落，只惦记这一件事，会不会是另一次走火入魔？

要到这种时候，才会明白夫子为何钟爱颜回。

忍不住向所有坚守职业岗位的友人致敬：幸好徐某仍然辛勤拍戏，精益求精；石某照样写影评，看得我们津津有味；而张某致力公务，为人民服务……否则，都炒卖楼宇去了，世界何其沉闷？

人人手上都有若干节蓄，做炒本有余，时穷节乃见，谁爱玩这种游戏，谁不一目了然。竟那么多相信赌博乃天下第一营生，奇奇奇。

赌

非常奇怪的事实：正当职业高收入的人，极少炫夸身家，可是赢了钱的赌徒，一定忍不住要讲出来，否则，会有一把火烧上身似的。

不但要夸夸而谈，而且语气轻蔑，瞧不起不下注的笨蛋，在赌台上稍有得益，筹码还来不及换作现金，已经脚摇摇，嘴歪歪，"蠢人，这种钱你赚不到！"

还没离开赌场，已经趾高气扬，凭想象论身家：这一注下去，明年春季，必定又可斩百多万，啊哈，届时千万落袋，傲视同侪。

人人都赢，谁是输家？炒卖市场，并无庄家，你得到的，必然是他人失去的，一定要有超人的智慧机灵，方能及时携带盈利离开赌桌。

有经验的人又说：当街上阿婶阿叔都谈论股票、房产、金价的时候，大抵是放手的时候了。

全民投入，疯狂乱炒，价钱白热化，脱离常轨……崩溃之前，必有先兆，财经专家苦口婆心，宛如挪亚劝人上方舟，效果等于零。

赢了，再掷下去，再赢，更要乘胜追击，资本永不超生，危机四伏，皆因人人希企不劳而获，不劳？才怪，其劳心劳力之处惨过创业。

浅白

母亲抽屉内有一本唐诗，一打开，便是"床前明月光，疑是地上霜"，幼时翻阅，见密密麻麻都是字，无味，后来识字了，多读几次，已经会背。

通本唐诗，最好的地方，便是浅白。

无论是王勃、贺知章、孟浩然、李欣、王昌龄、王维、李白、白居易、柳宗元、李商隐……人人都写得浅，可是文字意境却无限深隽。

像"海内存知己，天涯若比邻"，像"野火烧不尽，春风吹又生"，像"晚来天欲雪，能饮一杯无"。

还有"红颜未老恩先断，斜倚熏笼坐到明""锄禾日当午，汗滴禾下土。谁知盘中餐，粒粒皆辛苦""繁华事散逐香尘，流水无情草自春"……所有诗句，人人看得懂，几百年来，与各个朝代的读者沟通绝对不成问题，浅白通俗，千读百诵，仍不厌倦，像"春眠不觉晓，处处闻啼鸟。夜来风雨声，花落知多少"，这样雅俗共赏的文字，方属上品。

无论写情、写景、忆物、思人，通通引起读者共鸣，读唐诗，乃赏心乐事。请来看："向晚意不适，驱车登古原。夕阳无限好，只是近黄昏。"

追

一切嗜好都是下了课或工余的兴趣。

有人看电影，有人玩桥牌，有人集邮，有人爬山，有人……追龙卷风。龙卷风是一种自然现象，科学家至今不知其成因，推测是因为气流突变，形成漏斗形旋涡，以时速三百里威力前进，所向披靡，途经之处，房屋、树木、汽车、人畜，全部卷上天空，摔成碎片，是一种非常可怕的灾害，中国人古时叫它龙吸水。

气流变化已在气象预测图表中观察得到，有一班人，专爱驾车追踪那股气流，务求目睹奇景，拍摄、记录，堪称最奇突的嗜好之一。

志同道合者同时聚集在某地，聚餐，交换意见，气氛愉快，可是随时会有生命危险。相形之下，观赏星座是平和得多了。

喜欢，就不觉得辛苦，追踪龙卷风居然也老幼咸宜，有人把孩子带在身边，一起研究。都会地窄人逼，最理想的嗜好莫如赚钱，或是花钱，人们兴趣范围比较狭小，工余只想在空气调节的房间里舒舒服服睡一觉，很少愿意出去挑战自然界。

有情人

朋友是有情人，闻说过去密友生活狼狈，急痛攻心，连忙打听是否属实，巴不得电汇一千万过去救急似的。

都那么些年了，人家也早已结婚，还一直把担子背在心上，真正难得。

有情人爱护一个人，真正爱足一辈子。

作为男子，前头女友沦落了在吃苦，也实在没面子。

然而这不过是上等人的想法，一般人，撇下也就撇下了，单顾目前的生活、身边人冷暖还来不及，昨日种种，也只得昨日死。

更有一种下等人，巴不得分了手的另一半倒栽在阴沟里——"所以要同伊分手呀，瞧，这个模样，不分开行吗？可见我有先见之明，走得快，好世界"，证明他行动正确，共同生活的一段日子，认真委屈了他。

一件小事，可见人心，不过，对方若不能自失意中爬起来，忘记过去，努力将来，亦不值得同情。

他仍关心她的处境，一句问候亦是雪中送炭，在这个凉薄功利的先进社会中，承认同失意人仍有瓜葛简直差不多是犯罪，那样不避嫌疑，不得不再说声难能可贵。一定曾经深爱过。

怎 么 说？

一般都觉得口口声声说钱，实在俗不可耐，可是，不说钱，说什么，怎么说？

打个譬喻，他爱她，可是，爱到什么地步？呵，她生日，他自苏富比购得一对玉镯送她，价值三百万。

于是，庸俗的我们马上得到一个概念：哗，这也就爱得很相当了。

又友人搬家，新居是一幢怎么样的房子呢？诗人当然可以有诗人的形容，可是一般人还是爱听价格：一千万？呵，过得去了，资本主义社会，一分价钱一分货，想必是背山面海，风景秀丽，面积宽敞的好地方。

最直截了当，简单省事，便是问价格，一个婚礼用了三百万，一定隆重豪华；一年百多万教育费，必定是一级学府……

无奈？也没有办法，这个概念已深入民间，深入吾心，不讲钱，讲什么？——伊仿佛还混得不错，在街上偶遇，见伊的名牌鳄鱼皮手袋，价值不菲……

物质世界，物质男女，以物质论得失、高下、身价。

应 酬

同文反对年轻人说不喜应酬。

真的，一派未老先衰的口吻，青年时期，记忆力强，好奇心盛，精力又旺，正应到处乱逛，吸收经验，就算某场所一个人都不认识，静坐一角，观察人面，已经得益匪浅。

众生相是最值得观赏的万花筒，百看不厌，观众永远不愁无聊，为何说不喜应酬？

中年人不喜外出，是因为心理压力实在太大，无论这次应酬是做主角还是做陪客，都是背台词做表情，演出投入，鸿门宴，不去也罢。

少年的我，最喜乱钻，一有机会，便跟着大人不放，被人开口驱逐，才讪讪离场，彼时看到的听到的，到现在还印象深刻，时常在小说在生活中派到用场。

今日的年轻人有老板上司带着到处见识，反而诸多推搪，他们大抵情愿躲家中睡懒觉或与小朋友手拉手，唉，被宠坏的一代。

一向爱做跑腿：我去我去！荒山野岭难民营都去，大明星大导演招待会也去，反正闲着，为什么不去？

年轻人，值得去的都应去，无谓吃喝，也去呀，那桌酒席，可能难得一见。

快 乐

美国人权宣言中一句："人民有权追求快乐。"

但是，在追求快乐之前，必先要追求生活安定吧。

对很多要求比较低的人来说，衣食丰足，无忧无虑，也就是快乐了。

快乐是很深奥的一件事，非常奢侈，我们时时在太平盛世才有机会听到人们申诉他们不快乐，一遇变迁，或是不幸，立刻忘记快乐是什么，保住平安已是上上大吉。

故常笑曰："这个伤风一好，我立刻是世界上最快乐的人。"还有"这个难关一过，我也是世界上最快乐的人"。

少年的我，也曾出发去寻找快乐，前途茫茫，满途荆棘，风吹雨打，一点保障都没有，走着走着，心灰意冷，幸亏天性油滑，立刻打回头，不再想此虚无缥缈之事，力求安定繁荣。

你快乐吗？

但是我追求的已不是快乐。

一些友人，衣带渐宽，终究不悔，眼神始终忧郁，但，也许追求快乐的过程，已是快乐，只要你心甘情愿。

快乐狡狯，越追越走得远，且拿腔作势，不住揶揄，暂且不去理会它，许它会悄悄出现。

小孩

大人看小孩，很简单，分新生儿与幼儿两种，之后，就是各种年龄的儿童。

小孩看小孩，阶级观念比较重，分得很细，一两岁，那种还不会说话的小小人，已经知道他们不是婴儿了，看到在床上蠕动的幼婴，嘴里会呜呜作响，像看到小猫小狗一样表示兴趣。略大一点，四五岁的小孩，又会这样发表意见："某某阿姨的女儿，像洋囡囡一样。"观察入微。

十岁八岁之际，又不把小弟小妹瞧在眼内。

一直要到过了三十岁，才天下大同，而七八九十岁，通通都是老人，无分彼此，虽然当中隔着四分之一世纪。

幼儿同幼儿，亲厚起来，十分动人，可以搂着彼此亲吻不停，要是他不喜欢他，又非常惊人，立刻一巴掌推开，一切发乎自然，毫无掩饰。

七情六欲，都十分齐全了，性格也已成型，有的爽快磊落，打针都只哭一下，有些闹起情绪来，整天悲泣，不可收拾。

共同点是一下子就长大了，历劫红尘，一年比一年老大，总会吃亏，总要伤心，一定会失望，同时，再也不记得，他们曾是小孩。

潇洒女

就在街角罢了，车一转弯，就看到一辆奔驰跑车驶出来，驾驶人是一妙龄女郎，秀发如云，一手搁方向盘上，一手拿着纸杯咖啡，笑盈盈，不意让路。

真潇洒，真好看。

能这样从容地享受生活，是要讲点学问及条件的。

星期一上午，下毛毛雨，他人都赶到办公室营营役役去了，她才施施然驾车游荡。

羡杀旁人，记忆中自己从来不曾这样史麦脱（smart），总是狼狈、委琐地赶日常工作或家务，弄得十分尴尬，然后就累了，只想睡他一觉。

若干友人，其实已颇有条件过一种比较舒泰自在的生活，但是人各有志，却情愿忙得慌乱，为着蝇头小利，同一些极之猥琐的人称兄道弟打交道，日子久了，近墨者黑，恶浊不堪。夜阑人静的时候，时常想到人会衰老，而且，只能活一次，然搜索枯肠，也找不到半滴潇洒。

买车已必然挑结实的经用的，最好能坐九个人连七件行李，上得山落得泥淖那种。吃定一家馆子，服务差些不要紧，不打算到别处探险哀乐中年。

分手

同文说，与其天天吵，不如分手，单亲家庭就单亲家庭好了。

分手，也讲些学问与条件的。

譬如说，居住问题，在今时今日，独力负担一个公寓单位，已是非同小可之事，搬了出来，无借力之处，又得雇用帮忙，开销惊人。

倘若从头到尾生活费用根本不是问题，那么，成为怨偶的机会又低了许多，可能根本不必商洽分手。

天天吵，气氛恶劣，彼此看不入眼，恨恶对方，大人小孩日子难过，曾经有人叹曰：癌细胞就是如此培植出来的，真不如分手。

人有权追求快乐，一时错误无须一辈子承担，相信没有人会无聊到今日没事做，明日分手去，一家有一家不足为外人道的痛苦，闭口不言，不表示男方或女方特别凉薄。

友人劝某女士不要分手："他看上去并不太坏。"某女士笑答："因为他不是阁下的丈夫。"说得真好，外人哪里会知道那么多。

据心理医生说，分手的创伤平均需五年才能平复，谁会闹着玩?

永久地址

政府申请表格上通常有一栏：永久地址。

一次想诙谐地填上地球二字，搬家搬得多，一直转住址，故作此想。

以前，人们从一村搬到另一村，后来由一城搬到另一城，再由一省搬往另一省，最后由一洲搬往另一洲。真希望这个地址即是永久地址。

最惨的是，我搬你搬人人搬，自己搬迁，亲友也搬迁，人人去如黄鹤，信件打回头，电话呜呜响，到最后，根本无法联络，从此失散。

作为永久地址，当然要住得舒服，家庭每一位成员都觉得有足够活动范围，才不会再动脑筋搬家。

现代人对生活要求越来越高，听说小朋友的暂时地址时值都已经超过八位数字，令人咋舌，长辈们许不应太刻薄自己。

也有些友人动辄搬家，是因为环境越来越好，不搬也不行，为配合身份，寓所也一间比一间豪华，真替他们高兴。

地址簿上花花绿绿，划了又改，改了又划，怀疑都不是永久地址，为配合节奏，三年不改，已算是可靠的通信地址。

管他呢!

这半年当中，已有数名友人骑鹤仙游，好不无奈，生活态度因而消沉许多，暂不打算斤斤计较。

"厨房瓷砖铺什么颜色?""管他呢，'自是人生长恨水长东'。"

"某报稿费加了没有?""管他呢，'天若有情天亦老'。"

"这篇杂文仿佛针对阁下而写。""管他呢，'剃人头者人亦剃其头'。"

生命如野草一般，今日繁盛，明日则被风吹散，行乐及时，放两星期假，做逍遥游。够存稿吗? 有有有，不过也总有用毕的一天，可是，谁没有谁不行呢? 管他呢!

你我营营役役，劳劳碌碌，做其一柱擎天状，可是一旦辞工、退休、息劳归主，花儿还不是照样地开，太阳如常地升起来。

呜呼噫嘘！不如松弛下来，好好享受生活，正是春梦随云散，飞花逐水流，寄言众儿女，何必觅闲愁。

一切琐事闲事，皆随他去，让他去。

忽然看化？非也非也，待心情平复之后，还不是又开始忙，开始争取，开始针锋相对，在位之人，身不由己。

妈嫁那年

简而清有篇小说，叫《鼓手》，一开头第一句，他便这样写："妈嫁那年，我七岁。"少年时读之，只觉此七字之内的辛酸，透纸而出，令人恻然。

原以为小说是小说，现实生活，总要好过些。

可是离婚案日渐增加，单亲家庭已是十分普通之事，妈嫁那年，或是爸再娶那年，我三岁、五岁、七岁、九岁、十二岁都很普通。

懂事的子女，也希望父与母可各自再觅得归宿。

因现代人财政与心身独立，悲剧意味，减至最低。

直至最近目睹一再嫁之盛大婚礼，那小女孩被装扮成一朵花似的做傧相，"妈嫁那年，我七岁"的辛酸，忽然又在脑海浮现。

从头到尾在现场跟足一日，亲身体验妈嫁之过程，究竟是悲是喜？

小孩大抵没有必要参与认同成年人的抉择吧，抑或，当事人认为，世界就是如此这般，早点接受现实，反而有好处。

一向没有资格悲天悯人，但始终觉得大人由大人离婚，小孩由小孩上学，大人由大人结婚，小孩由小孩上学，岂非更好？

家庭事业

小朋友大学毕业，表示有兴趣承继父业。

真是幸福，父子都开心。

这年头，百万年薪找不到全心全意的伙计，还有，身怀绝技，想觅明主，也不容易。最最最理想便是家庭事业，由家人承继。

可惜许多子女对家庭事业没有兴趣，许是父母强逼接受，心生反感，也可能了解到守业比创业更难，不愿插手。

更可惜许多父母并没有生意留下来，子女只能披荆斩棘，自创途径。

当然羡慕享受余荫者。

那时老匡每次写得累了，抬头看到对面大厦一块租给人家做广告的外墙，便叹曰："若有这块墙壁收租，不必苦苦爬格子矣。"

不是想躲懒，而是忙得实在慌了。工作压力之大，英雄稍不慎，也化为齑粉。

记得毕业回来，到处找差事，一天见三四份工，次次得取出文凭登记，人憔悴，文凭亦憔悴，终于拿文凭去过胶，可是面孔呢，脸不能过胶，就从彼时开始，唰地老下来。

找到工作之后，分外精忠报国。

陆

自
知

十

有自知之明，什么事都没有，绝不会出丑。

活 络

有人具随机应变之能力，有人无。

话说陈先生讨厌刘太太，一日，刘太太到陈家来，老陈避而不见，由贤妻去应付。半晌，老陈大声问："那讨厌人物走了没有？"每个人都听见这句话。

可是陈太不慌不忙地答："早已走了，现在刘太太在这里。"

如此应变功夫，值五颗星。

少年时颇有点小聪明，应对相当地快，可是不但没有借此本领化险为夷，且结下无数梁子，渐渐弃而不用，像一切功夫，不加勤练，即时生疏，于是沉默。

有话要说，题目如果适当，大可在专栏中讲个明白，文理不通，可一改二改三改，写过些什么，自己清楚知道，不比讲话，"一言既出，驷马难追"。

人们十分奇怪，特别喜欢针对阿甲做过什么、说过些什么、近况如何，而完全对阿乙、阿丙、阿丁不加理会，视若无睹，作为甲类嫌疑人，保持缄默，乃明智之举。

以不变应万变，省时省力。

——他这样说，我该怎么答？完了人家如此质问我，我又应如何对付？头脑活络的人，往往闹头痛症。

厉 害

从前我们最爱讲一个故事：把谁、谁，共谁，一起关在一个房间里，不给食物，一个月后开门，走出房间的会是谁？

当然是求生本领最高强的那位仁兄。

人不可以貌相，凶神恶煞者未必就最厉害。

举个例，把金庸小说人物关进房间里，郭靖一定最先完蛋，乔峰也不行，太讲义气，太愿意牺牲了，杨过尚可，性子太烈，恐怕亦挨不到完场，令狐冲尤可，到底会得转弯。

不过算来算去，最后门一打开，走出来的，必定是韦公小宝，笑嘻嘻，不动神色，自靴筒掏出一沓银票，递与守门人："兄弟，花差花差。"

感慨是不是，此人甚至从来未曾学好过武功，可是他精通人情世故，擅于利用机会，看穿人类弱点，因此是个顶尖的厉害角色。

有时真觉得学问如不能用在处世上，即系无用，而人情练达，亦即等于文章。

好奇心又来了，假使把黄蓉、殷素素、周芷若、任盈盈、程灵素……关在一间房间里，结局又如何？

最后出来的是谁？

家庭主妇

家庭主妇个个身怀绝技，不在话下，还有，当然得拥有圣人般的忍耐力，这还不算，最考人的，便是惊人记忆力。

每日经过无数次测验："牙签在什么地方？""前年表姐送的那条领带呢？""三女小学六年级游泳季军奖牌有无见过？""全家的护照放到什么地方去了？""电费付过没有？支票属哪家银行？""温哥华李家的手提电话几号？"

冠军计算机才记得住那么多琐碎的事，而且，当家人要知道上列数据，他们可是要立刻获得满足的，不能叫他们等，否则"妈，你老了，记忆大不如前了"或"贤妻，最近你精神恍惚，心不在焉"之类的评语会跟着而来。

你记得旧衣服、老照片、头痛药、订书机、电池、电筒，放在什么地方吗？不要紧，呼喝一声，十秒钟内，她会交到你手中。

还有，用完之后，随便搁哪儿，嘻嘻哈哈玩耍去，要的时候，再大叫可也。

还有谁想做家庭主妇的请举手。

搬 家

友人搬家，两架货柜车，五个大汉，自早上七点搬到晚上七点，到最后，工人都累了，直问："怎么会有那么多家具？"

规矩好像每个房间都要放些台椅沙发书架，那么架子上又要添置书本装饰品，墙上得挂些素描油画纪念品，倘若屋子有四房两厅，家私杂物加在一起，就可观之至，加上厨房浴室用品，堆积如山。

请别忘记家庭成员的衣服鞋袜，每人十个箱子抬不完。

地球上动物最有智慧灵性的便是人类，可是却傻里傻气地囤积了那么多的身外物！

每次搬家，都深觉诧异，每次搬家，都自嘲说，你看那地里的百合花，它不种也不收，可是所罗门王最繁华的时候，还不如它呢。

可否留多些空间？最喜欢空的抽屉空的房间，可是你不用，家人立刻来霸占，刹那间便成为他人的游戏室或是乐器贮藏间。

还有，友人会殷殷垂询："还没有安顿下来吗？""这里放一列组合柜看上去比较温暖。""你们又打算搬家？"

谁还搬得动？听到这个"搬"字都打冷战。

私 刑

不经过法律途径，而进行私人报复，大概就是私刑。

真是一种可怕的行为，当事人认为替天行道完全正确，雇了打手，轻则叫对头断几根肋骨，重则要这个人的性命。

反正一定要惩罚这名眼中钉，拔之为快，此人有什么过错？可能只是在某场合忘了过来敬酒，也许不识抬举拒绝了某种要求，梁子从此结下，另一方便要他好看。

执法者若不能压抑这种风气，变本加厉，帮同帮，会同会，为着建立威信，扬名立万，私刑一步一步加剧，终于演变到地上一套法律，地下又一套法律。

日常生活中，总会遇到不愉快事件吧，谁谁谁老是纠缠不休，目中无人，不如叫人把他教训一顿，使他噤声，赵老大的侄儿钱二的表弟孙三仿佛是有势力人马，如此这般，便可大快人心……

人人都有机会得罪人人，人人循不正当途径叫人人看颜色，各自巩固势力，组织打手，置下最先进武器，割据一方，叫人想起军阀时代。

任何势力最恐怖之处是不能说不，即完全没有选择自由，势力所向披靡，遇到倔强的人，立即铲除，多么痛快，故恶势力永远找得到门徒。

妒忌

小学生最喜欢互赠这顶大帽子："你妒忌我。"你妒忌我爸爸比你爸爸高，你妒忌我妈妈带我到欧美旅行，你妒忌我英文测验分数高……一有争执，一定是人家心眼小，爱妒忌。真没想到若干成年人也专爱控诉他人妒忌。

凡是不获好评，均系因人妒忌，需不需要如此多心？自由社会，公平竞争，名与利通通堆在市集，能者得之，谁用妒忌谁？老实说，甲之熊掌，乙之砒霜，把我们心头所好，割爱赠予他人，他人也许会吓得魂不附体，争相走避呢，有什么好妒忌的。

世上一切物质，堆山积海，我们所有，人家也有，甚或更多，怎么可以动辄派人家妒忌，连一个专栏写不下去，都派报馆妒忌，真的吗？真是妒忌，还是文字太劣、题材人邪？许多事自有公论，当男女老幼、雅俗共厌之际，无论是一个方案、一个设计、一本书、一种作风……都会站不住脚，倒下台来。

不见得全世界都妒忌若狂吧。

人人都家世清白，勤奋好学，努力工作，家庭美满，干吗要妒忌我们？

荣辱之心

荣辱之心不可无，可是，大抵也不应过分。

得与失，毫不在乎，一个人成世烂塌塌，也挺可怕……人家的成功是人家的事，他自捧牢酒瓶怀才不遇，一辈子求亲靠友，待友好们施舍……社会对这种人的评分，是很低的。太过好强，其实也不是优点，考第二名已经脸上变色，认为是奇耻大辱，要杀人放火才下得了台，对自身要求那么高，不是快乐人。

自幼在兄弟堆中长大，长辈的期望自然不会落在丫头身上，故此一直过着自由散漫的生活，十名内还不够好？及格也已可过关！

去马之时当然要尽力，去到哪里就是哪里，人家一百分是人家的事，我拿八十五分也已然不错，比上不足，比下有余嘛，何用事事去到山之尖顶峰。

山腰也有可躺卧的青草地，可安息之水边。

也许，是城内唯一非完美主义者了。

世上并无完美这件事，全美钻石不过指放大二十倍而不见瑕疵，在电子显微镜下，放大数千倍，不过是碳分子。

我并不马虎，但，绝对得过且过，赚得生活之余，专爱睡懒觉。

闷不闷？

"从事写稿多久了？""四分之一世纪。""哗，闷不闷，腻不腻？"

反问："阁下干哪一行？""教中学。""年年都用那沓讲义，课课重复，又闷不闷，腻不腻？"

工作就是工作，即使晶光灿烂的职业如拍电影，也得老老实实，一个个镜头拍，一寸寸底片剪接，在某一个程度上，也非常琐碎繁复。写作又有什么不同？

我们总希望有下一部，且下一部写得更好，成年人必须靠工作维持生活，负责的成年人断然不会半年打工半年休息，那么，当然一直不停写下去，有什么奇怪？

所有事业，都是一辈子的事，自一个国家大统领至一个部门首长，均自低做起，成绩好便慢慢晋升，为何写作偏要例外？

写作确是比较冷门的行业，不过做上了手，也与其他工作毫无不同。

也需要专注，全力以赴，与同事，像编辑们，也最好维持良好关系，还有，最重要一点，不要欺骗顾客，切记货真价实。

错误星球

有时候一早起床，就发觉事情不对。

头痛、眼酸，脑筋转不过来，才欲开工，家人无故为小事发难，还没有摆平他们，忽然发现重要文件下落不明、电话坏了、支票用光，大小事宜，无一称心，好友又不在身边，无苦可诉……

像个孤儿？

不不不，像走错了星球，家在亿万光年以外，也许永远回不去了，真想蹲到墙角大哭一顿。这天不是你的就不是你的。

情绪特差，无端端都想骂人，只觉四周蛇虫鼠蚁特多，全体面目狰狞，又不能躲进被窝去，叫这一天速速离去，一样得每时每分每秒挨过、痛苦。

啊！我走错了地方，来到这混账的世界，没有人了解我，无人认真替我设想……

一年中起码有三五七天这样的日子。

其余的时间？倒是与这错误的星球相安无事，承受压力，默默苦忍。

不过，始终怀疑地球并非我们原居地，我们的老家是极乐世界，在那里，没有工作、没有失望、没有衰老。

能不做

友人是个极出色的编辑：聪明、充满动力、激进、慷慨、有眼光，不知怎的，因小小挫折，十年前就退了下来，改任全职家庭主妇。

一直不原谅她，也不肯接受这个事实，几次三番，表示惋惜。

"为什么不做？像你那样的人才，做下去，对家庭经济对行业都有帮助。"

最近心变，渐渐觉得能够不做，不做也罢。

做工辛苦呵。

起早落夜，长年累月地挑战体力，全日最好的时间奉献出去，失落自我，人事的纷争，得失的彷徨，求进步的压力，工作成绩天天在众目睽睽下遭批判，总有扰人是非跟着而来，言行略有所失，即时成为话柄……

能够不做，不做也罢。

多少流汗的挣扎、失眠的晚上，才能换取那一点点成绩，无限的委屈、有限的满足，有谁会真正爱上他的工作。

每听到长辈说："你们真神气……"就感慨地答："极之受气的。"

不止一两个午夜梦回的时刻，觉得得不偿失。

闲言

少年时听到中伤语，一定生气，且忙不迭拍着台子解释、辩驳，结论不外系我是人非。

人随着年纪油滑，后来就进步到只同友人诉苦："哗，把我说得那么笨，真是哪里都不用去，坏不要紧，蠢真是侮辱。"

说完却并不去澄清，小事耳，何必越描越黑，明白的人一定明白，不明白的人？拉倒。已经比较洒脱。

最近想法更加奇突，一闻闲言闲语，即问："谁说的？""某甲。"

噫，立刻惋惜，某甲在社会上也混了一段日子，判断力居然如此差，眼光竟然这样短，嘴巴又这样大，作风不改，自食其果，一定失败。

"谁说的？""某乙。"

　　大家都莞尔，难怪某乙这些年来永远都是某乙，时间都用在东家长西家短上了，不求进步，毫无出息，他早已得到应得的报酬，大家不必落井下石。

　　好像已把大方练得出神入化？其实仍然介怀，听过谣言，以后一定与散播者断绝来往，失去一个朋友是极大惩罚：我没带眼识人，必然是我的错。

他人之金

　　"甲富可敌国，那些小朋友居然看不出来……乙的父亲恐怕有百来亿身家了，他自己又会挣，不得了丙在印度尼西亚的资产真正厉害，不过他一向低调。"

　　甲乙丙自然都是此君的朋友。

　　这是人类最奇突的一种心理……拜他人之金。

这年头，大概也不大有人会说钱没用了，金钱自有它值得尊重的一面，拜，大可不必，非拜不可，还是拜自己名下的钱实惠些。

为何要拜他人之金？可能是基于一种天真的想法——卖力拜，他人之金许就会跑一点到自己的口袋来，抑或，拜久了，沾些金气，也就喜气洋洋，身价百倍？

有钱人之所以有钱，乃因他对金钱的认识非常清楚，对金钱的运用异常精明，故断无可能将之与任何人共产，闲杂人等无论祭起什么法宝，都休想捞到油水。

拜金之人，相信也都明白。

可惜性格如此，无药可救，一提到他的富翁朋友甲乙丙，他就情不自禁，陶醉起来，获得至大的满足。

像红学专家说到《红楼梦》一般地着迷。

退一步

且来看此哲理：自古至今，插秧之道，皆以手执秧苗，退一步，插一把，退退退退，迄毕竟全功而后止，是故却要进，必先退，此之谓以退为进。

讲得真好，劝人忍耐、退让，以及默默苦干。

特别适合事业尚未成功，同志仍须努力的诸式人等奉为座右铭。

少年人认为前进才是本事，越冲得快，越是顶呱呱，动辄讥笑人家走得慢。

可是一位赛车专家笑道："光是快最容易，一踩油门，车一定去。"可是一转角就撞上山坡，"欲速则不达"。

进与退同样是艺术，不知进退，可要受人诟病。

很多时在工作道路上，我们都会遇到疯狂火车头，所向披靡那样撞过来，像是要与什么人什么事同归于尽似的，坏了刹掣，十分可怕。

小时候玩飞行棋，有时骰子明明掷到六，前进六格，欢喜到笑，可是第六格却写明"后退十格"，结果比从前更退步。

有些事，表面似进，实则是退，又有些事，表面似退，其实是进。噫，说玄了。

无 谓

这是一位太太说的："嗜打牌的人有时无廉耻，明明讨厌那个人，可是急于找搭子之际，也不得不把他找了来奉为上宾，一边搓牌一边痛恨自己没出息。"

真不知是悲剧还是喜剧。

太爱交际的人，也会犯此毛病。

明明同某某某、谁谁谁，完全谈不来，且有心病，可是偏偏爱热闹，跑去同那些冤家坐在一桌吃喝聊，完了恨意绵绵，骂了又骂，可是，第二天，主人家一叫，又巴巴地更衣沐浴，欢聚一堂。

你说怪不怪。

这个看不入眼，那个是丑八怪，还有，阿甲根本没有资格坐过来，阿丙大大地不配……

一转背通通是坏话，讲完了又坐一道吃喝玩乐，说不在场人的是非。

真好像没有什么廉耻。

共聚一堂的应该全属友好，相见欢，不知多开心，有一日话不投机了，应当即时疏远，情不投意不合，还做什么朋友？电话都不必通一个。

今宵同桌吃饭，翌日又把人家嘲弄得一文不值。

丰俭由人

同文这样形容："一个女人守在炸鱼蛋青椒档前，油锅边一架婴儿车里躺着个孩子，离得那么近，看了让人心惊，这娘儿俩就天天如此做伴。"

当然不是养孩子的理想环境。

可是，什么叫作最理想？

聘注册看护，专职二十四小时照顾婴儿，母亲留家监督视察，另加两名家务助理，服侍众人起居饮食，还有司机随时应召，可算理想了吧，也不能保证他将来成为一个快乐的人，那种排场，不过是成年人的理想。

次一等，由生母、外婆或祖母带大，互相纠缠，看谁先倒下来。

再次一等，交菲律宾工人，父母齐齐上班，眼不见为净。

　　再再次一等，托出去给另一位家庭主妇代养，一星期回家一次。

　　再再再次一等，交托儿所，住集中营，也一样大。

　　再再再再次一等，送到保良局，也不见得将来不能扬名立万。

　　各人凭各人的能力办事，有头发，啥人要做癞痢，各人有各人的难处。较为幸运的人，最好不要讥笑不幸的人，也不要问人家生来做甚，免得英女皇问全人类生来做甚。

家庭教育是一种气氛

　　什么样的气氛培育什么样的孩子，信焉，整家人闲闲散散讲究享受每日下午麻将四圈说说是非又是一天，孩子们耳濡目染，觉得人生活该如此何必搏杀，反正天生天养乐在其中，久而久之，恐怕不想辛辛苦苦出人头地。

倪震说到新加坡小叔家去小住，看见一个博士已经升为教授，晚晚埋头苦干至深夜十二时，真吓坏人，觉得懒惰是一种罪过。

大作家摆出来活生生的例子：若要做得好且又做得长久更红足三十年，大概是要稿质与稿德并重，目睹他写写写写个不停，写完之后才出去寻欢作乐，妻儿一直丰衣足食，真正佩服。

于是拼命效颦夙夜匪懈视工作为第一位，以免家庭聚会时面红耳赤。

比家庭教育更坑人的是朋友影响，有几位友人不折不扣是恐怖工作狂，做做做做做，做得浑身发烫，大呼过瘾，直至倒下来嘴里尚叫值得值得，在他们跟前，当然亦不好意思疏懒。绝对不是那种过分保重太过会得养生的人，从没想过做完一件事要休他一年半载。

找生活耳

小朋友说到一个人："专门同人家争论，面红耳赤，必定要赢嘴巴那一仗，弄得神憎鬼厌，真正莫名其妙，出来做，大家不过是找生活，吵什么鬼？"

说得真好。

无论做什么，做得有多么好，通通是为生活耳，天天在报上写专栏，仓促交稿，千万别扬言是为理想，说是为兴趣已经要被人嘲笑！！不付你稿费还写不写？

既然如此，不如以和为贵，努力做好分内功夫，何必过问其他琐事，切切不要一句看不顺眼便批斗他人。

聪明人从不与同事争执，各人有各人做事方式，管他呢，待涉及民族气节再想办法对付便是。打个譬如，有人打算动笔写小说，自然准备一鸣惊人，于是大咧咧对写了近百个故事的同文说："这小说嘛，题材最重要！"

该不该争论呢？当然不，这种题目，除非由大作家提出来，那么当通宵奉陪讨论，否则，干脆唯唯诺诺，推搪作数。

找生活还来不及，把时间精力省下来，多写十本书，事实胜于雄辩。

生活真正悠游的时候，还不用听闲言杂语。

爱敌人

《圣经》希望信徒爱两种人：爱我们的兄弟，以及爱我们的敌人。

信不信由你，许多人都做得到爱敌人，但是却不能爱兄弟。

怎么不是？一切出发点都是为敌人，千辛万苦，扬名立万，不过是为着显颜色给敌人看，有点成就了，又故意去照顾敌人的需要，表示既往不咎，大方兼豪爽，性格可爱宽容。老友呢？当死人一样搁一边，这么些年的朋友了，又不会跑掉，理他做甚。

这种心理，不知怎么解释。

还有，连敌人的朋友也是难能可贵的，非要把他拉拢过来添增成功感不可，于是想尽办法出尽百宝去笼络，给他诸多好处，谆谆善诱，务必使他弃暗投明。

老朋友？反正已是朋友，何必劳心劳力，闲时还将之呼来喝去，陪酒陪饭，稍有迟疑，即时一顶大帽子压将下来：这种朋友要来做甚。

所以，这年头，做人家的敌人，胜过做朋友多多，从前，人缘好是赞美，今日，人缘好是讽刺，没人缘才有性格才有进账。

说同做

有头发的人大概不会故意去做癞痢头。

还有,饱人永远不知饿人饥。

故无所事事的阔少奶奶也许不该教训职业妇女:"看,一块儿喝茶多开心,要多出来玩,别老推说没空没空。"

以此类推,专家也不应一天到晚吹嘘喂母乳同亲手带婴儿有多大益处,那可怜的妈妈也许未满月就得外出工作养活她自己,以及她的妈妈与她的爸爸。理想固然重要,生活更加要紧。

孝顺父母是人生首本戏,可惜子女们的人生道路不一定平坦,往往心有余而力不足,无奈中不得不疏忽了老人家。

火烧眉眉,只得自己顾自己,疲倦到极点之际,能够救得了自己,活下来,也已经是功德。谁不知道对朋友要讲义气，莫计较钱财，吃喝玩乐，最好争着付账，还有，遇事两肋插刀，舍命陪君子，夫妻间要同舟共济，共患难共富贵，坚贞不移，苦得死脱，照样举案齐眉……

这样的话谁不会说，粤人所谓下巴轻轻，净会诲人不倦，要付诸实践，却是另外一件事。理想世界永远太平盛世、春暖花开、母慈子孝。

自 知

张曼玉对记者说，见到前辈，不敢上前说话，因自知心直口快，怕得罪人。

有自知之明，什么事都没有，绝不会出丑。

自知不擅交际，索性隐居，不出来见人；自知不会讲话，干脆闷声发大财；自知相貌身段普通，也就不肯轻易亮相……杜绝一切烦恼。

谁是十项全能？不会这个同不懂那个有什么稀奇，丝毫不必介怀。

有自信的人会笑笑说："我有许多事都做得好，但搞人际关系绝非我之所长。"

我不会开车、吹萨克斯及讲意大利语，呀，但是我能做家务、写杂文及说普通话。

最惨是好高骛远，强逼自己去做做不来的事，因此我们时常碰到毫无天分的写作人、吃力不讨好的歌手，以及力不从心的生意人。

不肯说话已经有一段日子，多说多错，不说不错，越说越错，传几传，转几个弯，断章取义，本意全失，一点好处也无。

不如站远远傻笑。

自知之明有时是练出来的。

老板与我

许多人都爱这样说："我老板视我为朋友，我也当他如知己。"

听上去太理想了，事实上可不可能？

老板即系老板，不会有第二个身份，伙计即伙计，亦没有第二重身份，相处得好，是双方涵养同修养都经得起考验。

老板只要一个月不出粮，伙计必定立刻走人，因此劳资双方不可能成为朋友，谁肯免费在这里写稿？如不，则报馆是老板，我们是伙计，不必另表。

劳资双方当然有感情存在，他为什么不用别人？你为什么不为别家服务？必定是因为双方投缘，合作得开心舒服。

问题不是老板愿不愿意把我们当朋友，而是我们肯不肯把老板当朋友，不计较收入，只讲究感情，哈哈哈哈哈。

每一人在同一时间内只有一个身份，上门约稿者，无论是侄哥抑或大佬，且撇开不管，他就是来约稿的人，一定要讲明稿费、版权。

赌场无父子，就是这个意思。

因此，老板是老板，伙计是伙计。

不 会 大

据说如果你爱那个人，那个人在你心目中，便永远不会大。

所以做母亲的老是不厌其烦地叫子女："记得带雨伞，要下雨了。"

这个讲法又一次获得印证。

自幼与弟感情最好，套句本港流行粤语，可以说"我坚惜佢"[1]。

最近姐弟见面，听他闲闲说起最近又获得什么什么难得的新衔头，为姐的哪里懂那许多，耐着性子听他讲完，便叮嘱道："照相机别搁旅馆房间，还有，你够不够衣服？"

哪怕他是爱因斯坦第二了，仍然如此。

从来对他的成绩不感兴趣，弟弟即系弟弟，自沪来港，姐七岁，弟五岁，拖着手，每天一起步行三十分钟到苏浙小学去读书，一边聊天一边走，就是那样，渐渐学会一个人、一只镬、一只母鸡、一只蛋……还有一口普通话。

不必担心时间不会过去。

---

[1] 我坚惜佢：我坚持疼他。

不过稍后也把剪报给他看:"瞧,为姐的照片登在邓莲如同张敏仪旁边了。"时间终于过去,虽然在彼此心目中,大家都不会长大。

智 慧

小朋友这样写:"不要斗气,请挑阁下最擅长及最无挑战性的工作做,工作越顺利,越无惊无险最好,做阁下不擅长的工作以为考验自己,其实又蠢又浪费时间。"

有智慧。

叫大作家去做计算机,或让医生去演戏,导演去下乡劳动,均是新挑战,许十年八年后,劳改成功,前后判若两人,可是,有什么益处?

　　除非是为生活，否则，能把本分做好，已经足够，况且，同一行业之内，工作领域范围亦宽敞一如草原，写作人腻了爱情小说大可动笔写社会新闻，不必改行去学唱歌作为新挑战。熟能生巧，越做越好，一边享受成果，一边进步，才是正经。

　　爱接受挑战者不妨暑假去爬珠穆朗玛峰或到亚马孙流域观光，工作归工作，每两年转过来，再两年又转过去，举棋不定，哪里做得出啥子名堂来。

　　工作当然越顺利越好。

　　"有没有五千字短篇？""没有，只有一万字那种。"因最擅长，不想转弯，净在一万字内求进步，已是一辈子的事。

精神崩溃

在超级市场遇一年轻英俊男子手抱幼婴，便问："几个月？"

不得了，话匣子就此打开，他滔滔不绝说下去："出生时才五磅半，如今近五个月，体重十五磅，我为带孩子特地告了一个月假。"他抬起头，犹有余怖，"带得精神崩溃，如今在姨婆家养。"

精神崩溃是非常好的形容词。人类的幼婴不知怎的需要如此庞大的精力与时间应付，根本不合常理，地球上也没有其他任何一样生物有这样麻烦。

难怪卫斯理说，地球，并非人类的原居地，从头到尾，我们根本没有适应过地球这个环境。奇是奇在这么些年了，我们也没有发明更好更省时便利的育婴方法，政府的经费、科学家的心血，都用到杀人武器上。

最佳带孩子人选，仍是老人家，所谓姨婆，不是阿姨的外婆，乃母亲的阿姨，即母亲的母亲的妹妹，年纪大抵不小了，担此重任，不知可还胜任。

富裕的国家予国民一年有薪假期服侍小国民，那种人力物力，若用在另一途径上，人类可能已去到冥外行星。

每个人都是最伟大的工程。

酒店

喜欢住酒店已经到沉迷程度。

那就是桃花源、乌托邦、香格里拉，打算在生命最后数年，在酒店度过。

什么都有，不必动脑筋，合意，呼之即来，不要，挥之则去，日常生活一切服务有专人安排，不劳费心，逐日收费，从此不必怕洗衣机坏、水喉漏水、用人告假。

窗外风景欠佳，立刻转房，有噪声可同经理抱怨，什么样的好菜即叫即吃，喝酒谈天跳舞，而睡房就在楼上或楼下。

这样好的地方何处去找，时常借故去住酒店，三两天都当享受。

酒店又分好多种，豪华游轮伊丽莎白号亦是大酒店，每受生活折磨，便抱头呻吟，想逃离一切，躲，躲到游轮上去，永远不再出来。

东方号快车也是豪华酒店，只需付款，车长大概不会赶乘客下车。

比一个人住酒店更舒服的便是请一大堆志同道合的人齐齐住酒店，据说 F. 史葛费兹哲罗 [1] 便是这样把一生稿费住得光光。

---

[1]　F. 史葛费兹哲罗：弗朗西斯·斯科特·基·菲茨杰拉德（Francis Scott Key Fitzgerald），美国小说家。

请勿结婚

女同事的好母亲盼望女儿早日成家，总是问："瑶瑶，瑶瑶，你有了人没有？"照说，爱一个人，当然希望他生活稳定，感情有寄托。渐渐却不希望好友们结婚。

公事再忙，也还有个谱儿，三日三夜不眠不休，已经惊天地泣鬼神，再狠心的老板，都几乎会感动流泪，可是一旦结婚生子，大半完全失去自由，哪里有空照顾他人。

不结婚最好，富裕、智慧、潇洒，随时可以锦上添花，当然亦可雪中送炭，时间、金钱、肉身，都悠游自在，随时抽调，助人为快乐之本。

故自私的大人有时并不希望儿女成家，他们有了自己的家，哪里还顾得了父母的家，一心不能二用，总有一方会被牺牲掉。

没有家庭的朋友可以随传随到，乐意借出汽车、用人，还有，他们宝贵的耳朵。

真是救命菩萨。

在狄更斯的故事中，更是常有侄子外甥们无故领受到老姑婆的遗产，那当然是独身老太。收那样的礼物永无后顾之忧，因完全无须偿还。

洗衣

上一次用手洗衣服是什么时候?

若干年前，所有衣服都靠手洗，先浸着，然后在洗衣板上搓，洗被单是大日子，直至家家户户拥有洗衣机。

此刻，洗衣机一坏，才是大节目。

家务助理先尖叫起来,已没有什么人记得洗衣的艺术,除出苦留学生。

在宿舍,用洗衣机要角子,洗衣场的费用更贵,为求省,干脆亲手来,连牛仔裤都手洗,天下无难事,只怕有心人。

用酵素肥皂粉最干净,不过切记戴胶手套,否则指缝会痛,过清了捞起来搭在水汀上,三两个小时就干。

地上铺一块毛巾,跪着熨,那样,也过了四年,除了"文化大革命",别处原来也有暗无天日的日子。

实在大件头只得拿出去,装在皮箱拎到自动洗衣场,等的时候温习功课,烘干了又拿回来,练得力大无穷。

能吃苦,似乎是做人首要条件,肉体与灵魂如不懂熬苦,很难走得远。

锻炼

锻炼心身，最好到外国去半工读几年，如可不炼，当然最好不炼，不得不炼，炼了出来，倒是一条好汉。

自费，就得学会精打细算，支出不少，非努力工作不可，这样辛苦，读不出成绩来，如何甘心，于是加倍努力。

半工半读，时间要充分利用，保证以后都不再会浪费一分一秒。有没有人半途而废？年年都有，打退堂鼓无声无息在第二年第三年自课堂间消失者实在不少，许是因为兴趣与意志力都渐渐消失。

熬过这四年，其余苦工真是一块蛋糕。

没有电话没有电视机，两套衣服一件大衣，每朝捧着肥皂毛巾到走廊底的公众浴室，然后风雨雪不改，步行四十分钟到学校，未曾缺课一日。

戏称为劳动教养，而后来在新闻处工作的七年半，绝对是劳动改造。

大抵还算年轻，只觉有花不尽的力气，邻房同学啪一声熄灯睡觉，才开始写稿，七时整又起来上学，可怕!

最奇怪的是，即使在那个时候，也不是不快乐的。

苦中苦

同文这样写:"资深大律师在英伦初出道，天寒地冻，开车到几百哩路外地区打案，到达小旅馆已是午夜，极累，仍得挑灯夜战，读资料，掌握案情，只能睡三两个小时，就得整理好仪容上法庭。"

吃得苦中苦，方为人上人?

从前的痴心父母专望子女出人头地，将来做律师、医师、建筑师这种所谓高贵职业。

现代人想法不大一样。

做人至要紧开心，假使不忧生活，切记出人头地，读专科或是读博士起码多耗七年光阴，吾生也有涯，日日案前苦读，错过所有热闹，学堂出来，已经三十岁，值不值得，真是见仁见智。

见习期间，吃尽咸苦，当然，种瓜得瓜，种豆得豆，怕只怕种的是苦瓜，得的也是苦瓜。

小学教科书一直说"做人勿望不劳而获"，但是太劳而获比不劳不获还惨。

书固然要读，事固然要做，却也要懂得养生，我辈因无遮无荫，才被逼努力操作，家境稍微过得去，宜放松来做。

生活舒适最要紧。

能 收 能 放

曾在电台做节目赚外快。

还是星期天呢，独身，没处去，贪气氛热闹，先在电台饭堂用了午餐才开始工作。

小小餐厅里挤满各路英雄好汉，我们那组人往往叫四菜一汤，大快朵颐。

一日，吃得七七八八，杯盘狼藉，正预备站起来上录音室，忽然来了一位熟人。

一见我们，连忙装了碗热饭坐下来，将我们用过的筷子掉转头，把我们吃剩的残羹冷炙往饭碗一淘，在三分钟内扒完一碗饭，抹抹嘴笑说："开工！"

完全不拘小节，但求节约时间，能收能放，潇洒自如。

这人是谁？俞铮是也。

做大事的人当然也管吃管穿，只不过晓得适应环境，正经事永远放第一位。

有些人一事无成，却只会振振有词，不是如此这般不吃，不是这个那个不穿，讨厌。

小说作者但求小说有读者，吃三文治抑或吃鲍翅有何关系。

图书在版编目（CIP）数据

生活志 /（加）亦舒著 . —长沙：湖南文艺出版社，2018.1
ISBN 978-7-5404-8266-4

Ⅰ . ①生… Ⅱ . ①亦… Ⅲ . ①散文集—加拿大—现代 Ⅳ . ① I711.65

中国版本图书馆 CIP 数据核字（2017）第 189383 号

上架建议：畅销·散文集

SHENGHUO ZHI
生活志

作　　者：[加]亦舒
出 版 人：曾赛丰
责任编辑：薛　健　刘诗哲
监　　制：毛闽峰　赵　萌　李　娜
特约监制：刘　霁　郑中莉
策划编辑：李　颖　谢晓梅　张丛丛　杨　祎
文案编辑：王苏苏
营销编辑：贾竹婷　雷清清　刘　珣
封面设计：利　锐
版式设计：李　洁
出版发行：湖南文艺出版社
　　　　　（长沙市雨花区东二环一段 508 号　邮编：410014）
网　　址：www.hnwy.net
印　　刷：北京天宇万达印刷有限公司
经　　销：新华书店
开　　本：775mm × 1120mm　1/32
字　　数：160 千字
印　　张：10
版　　次：2018 年 1 月第 1 版
印　　次：2018 年 1 月第 1 次印刷
书　　号：ISBN 978-7-5404-8266-4
定　　价：49.80 元

若有质量问题，请致电质量监督电话：010-59096394
团购电话：010-59320018